最美文

陈晓辉　一路开花 / 编著

书卷里的景致

图书在版编目（CIP）数据

书卷里的景致/陈晓辉，一路开花编著．
— 北京：中央编译出版社，2017.1
ISBN 978-7-5117-3169-2

Ⅰ．①书… Ⅱ．①陈… ②一… Ⅲ．①随笔 – 作品集 – 中国 – 当代 Ⅳ．① I267.1

中国版本图书馆 CIP 数据核字（2016）第 260090 号

书卷里的景致

出 版 人	葛海彦
出版统筹	贾宇琰
责任编辑	邓永标　舒　心
责任印制	尹　珺
出版发行	中央编译出版社
地　　址	北京市西城区车公庄大街乙 5 号鸿儒大厦 B 座（100044）
电　　话	（010）52612345（总编室）　（010）52612371（编辑室） （010）52612316（发行部）　（010）52612317（网络销售） （010）52612346（馆配部）　（010）55626985（读者服务部）
传　　真	（010）66515838
经　　销	全国新华书店
印　　刷	北京凯达印务有限公司
开　　本	710 毫米 × 1000 毫米　1/16
字　　数	206 千字
印　　张	14
版　　次	2017 年 1 月第 1 版第 1 次印刷
定　　价	29.00 元

网　　址	www.cctphome.com　邮　箱：cctp@cctphome.com
新浪微博	@中央编译出版社　　微　信：中央编译出版社（ID：cctphome）
淘宝店铺	中央编译出版社直销店（http://shop108367160.taobao.com）（010）52612349

本社常年法律顾问：北京市吴栾赵阎律师事务所律师　闫军　梁勤
凡有印装质量问题，本社负责调换。电话：（010）55626985

书卷里的景致

目录
CONTENTS

第一辑　一个人的青春战役

　　眼睛最值钱（文/林清玄）……002
　　一个人的青春战役（文/冠夅）……005
　　陈忠实的三大爱好（文/姚秦川）……010
　　雪人（文/〔美〕鲍勃·帕克斯　庞启帆编译）……013
　　时间去哪儿了（文/孙道荣）……017
　　1%＋3%（文/刘代领）……020
　　达仰的教诲（文/侯拥华）……022
　　尴尬的背诵（文/林永英）……025
　　林非读书兴趣探源（文/思想者）……029
　　中国人应该怎样读书（文/林振宇）……032
　　心若亡，书则远（文/纳兰泽芸）……035

第二辑　用文字装点人生的绚丽

　　闲读书与读闲书（文/守望苍天）……042
　　迎着书卷的朝阳走路（文/纳兰泽芸）……045
　　我等的不是一个人，而是万千时光（文/雪妡）……048
　　网络时代的1分钟（文/何国威）……052
　　腾点时间看地图（文/林玉椿）……054
　　知识即是道（文/振宇）……056
　　学而时习之（文/心若莲花）……058
　　用文字装点人生的绚丽（文/袁恒雷）……060
　　告别静音学习（文/莲叶深深）……065

第三辑　知识是奋飞的翅膀

最深的伤害永远是：语言（文/郭龙）……070
差生也能造原子弹（文/〔美〕约翰·菲利普斯　庞启帆编译）……073
我这些年的离奇同桌（文/代孔胜）……077
在青春里呼啸而过的倒洒金泉（文/何东）……082
赢在奔跑过程中（文/莲叶深深）……088
知识点亮人生（文/林子）……093
告诉你一个秘密（文/马朝兰）……095
知识是奋飞的翅膀（文/美丽人生）……099
自卑窗外有花丛（文/王万龙）……101
李宗吾怎样读书（文/小草）……105
只有努力，没有奇迹（文/〔英〕瓦尔特·保科　庞启帆编译）……108
师旷妙语劝说平公学习（文/张素燕）……111

第四辑　大师的雅量

好文章是修改出来的（文/清露晨流）……114
大师的雅量（文/崔鹤同）……116
大师的善念（文/春秋）……120
赤橙黄绿是生活（文/小菁）……123
孩子为什么输不起（文/张宏涛）……127
《小时代》引发的战争（文/阮小青）……130
学习是一种能力（文/好彩自来）……136
林非先生的读书心态（文/翟松）……138
梁实秋的"钉子精神"（文/姚秦川）……140
一块鸡骨头（文/〔澳大利亚〕涅尔·郝利　庞启帆编译）……143

第五辑　谁解书中味

知识改变气质（文／林振宇）…… 148

落于信纸上的悠然时光（文／冷焰）…… 150

花影深深上枝头（文／罗静）…… 156

阿加西斯教授的观察课（文／〔美〕塞缪尔·H·斯卡德 庞启帆编译）…… 162

要的就是"过"（文／张云广）…… 165

输不起的章子强（文／安心）…… 168

倒数十名进世界名校的秘密（文／张嘉芮）…… 173

百岁因书驻青春（文／钱灵芸）…… 178

谁解书中味（文／思想者）…… 182

第六辑　书卷里的景致

开卷并非皆有益（文／飞龙在天）…… 186

文字的力量（文／姚秦川）…… 188

只管耕耘，莫言收获（文／佳音）…… 191

当"面子"成为"里子"时（文／段奇清）…… 196

少女夏洛洛的轶闻囧事（文／琼雨海）…… 199

青春里的广告时间（文／郑亚琼）…… 203

书卷里的景致（文／顾晓蕊）…… 208

手写的运气（文／散风落涯）…… 211

借书往事（文／林双双）…… 214

第一辑

一个人的青春战役

　　赢不赢得过别人并不重要,重要的是赢过自己。这是崔子良教会我的,是我在这场青春战役中学会的最重要的一课。

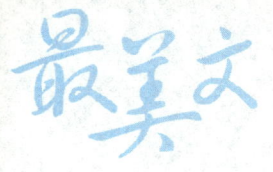

眼睛最值钱

文 / 林清玄

  人长着大脑为的是思索人生；人长着双手为的是创造未来。

——佚名

  我喜欢在假日的时候去逛古董市场，因为会遇上许多古董的行家，偶尔也会遇到自己喜欢的宝物。日子久了以后，认识了一些卖古董的摊贩和一些懂古董的收藏家，我逐渐发现到，买古董的人比卖古董的还要内行，有许多卖古董的人甚至对古董一无所知，只把它当成一般的货物。

  举个例子，有一天我在一个卖壶的小贩摊子上，看到时大彬的仿制茗壶，时大彬是中国明朝最伟大的紫砂壶作者。眼前那一把壶虽是仿制品，却做得十分精美。

  "多少钱？"我问。

  "三千元。"小贩说。

  "假的也卖这么贵。"

  "什么假的？当然是真的啦！"

  "时大彬是谁，你知道吗？"

  "当然知道了，这一把是他亲手卖给我的。"小贩面不改色地说。

  对于这样的古董摊贩，我们只有无言以对了。

  因此，买古董的人，眼里只有古董，价钱是不太在乎的；卖古董的人，眼里只有金钱，他们才不在乎古董的价值。

例如一个明朝宣德的香炉，古董商是五千元批到的，他只要一万元就会卖，才不管那香炉的好坏。真正懂宣德香炉的人以一万元买到，可能一转手就以五十万元卖出了。

有一次，我和一个买古董的人蹲在小摊前看一尊魏晋的铜佛，他突然严肃地对我说："说真的，我们的眼睛最值钱！"

"为什么？"

他说："因为只有眼睛才能辨认真假、判别年代、分出美丑，所以，买古董的人，要先锻炼自己的眼睛，有了好眼睛，就不会受骗上当了。"

"我们的眼睛最值钱"这句话讲得真好，别人花十万才能买到的古董，我们花一万就买到了，我们那一次的眼光，价值正是九万。还有什么古董比这个更值钱呢？

生活也是这样子的，我们在凡俗的生活中追寻更永恒的价值，不也是在找回那失落的眼睛吗？

只要找到值钱的眼睛不只能找到最好的古物，也可以进而见及生命的真相了。曾经有一个年轻人去拜在一位师父的门下，希望师父教他认识人生的真相。但师父只教他洒扫、泡茶、接待宾客，闲暇的时候就用来静心，并观看这个世界。

弟子过几天就会问师父："师父呀！您什么时候才能教我人生的真相呢？"师父不语。

又过了一阵子，弟子更着急了，问师父："师父呀！你到底要什么时候才能告诉我人生的真相呢？"

师父被问烦了，拿一个石头交给他，对他说："你拿这个石头到菜市场去估价，只要了解它的价钱，不要真的卖掉它。"

在菜市场里，有两个人想买这个石头。有一个人出价十元，另一个出价二十元；第一个是要买回去做秤锤，第二个是要买回去做砚台。

弟子把石头带回来，报告师父："师父呀！这个石头有人出价二十元。"

师父又叫他把石头带到玉石的市场去，只要了解它的价钱，不要真的卖掉它。

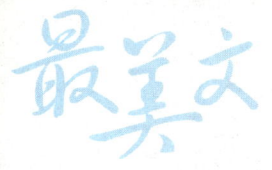

在玉石市场，有人出价到五十万元，因为那石头看起来非常稀有。

弟子把石头带回来，报告师父："师父呀！这个石头在玉石市场有人出价五十万。"

师父："好！现在你把这石头带到钻石市场去，只要估量它的价钱，不要真的卖掉它。"

弟子欣喜若狂地跑回来报告师父："师父呀！听钻石市场的人说，这是一块最完美的钻石，有人开价五千万呢！"

师父说："没错！这是最完美的钻石，可是只有用钻石的眼睛才能看见它的价值。你每天追着我问：什么才是人生的真相，用菜市场的眼睛、玉市场的眼睛，和钻石的眼睛看到的人生真相都是不同的，你到底想用什么样的眼睛来了解人生呢？所以你要先锻炼的是钻石眼睛，而不是不断的追问呀！"

弟子听了，就心开意解地开悟了。

我们大部分的人，穷尽一生在奔跑追求，希望寻找生命中最有价值的事物，却很少人了解，我们的眼睛才是最有价值的。

有价值的眼睛看见了山，山就有了价值。

有价值的眼睛看见了海，海就有了价值。

有价值的眼睛看见了阳光，阳光就有了价值，因此禅师才说："日照一隅，也是国宝。"

太阳所照耀到的每一个角落，都像国宝一样的珍贵，这种深刻的见解，只有好眼睛的人才能体会呀！

（原载《思维与智慧》（下半月）2013年第8期）

每一个人都具有自己的价值，就看你能否将其释放出来。虽然你不能延伸生命的长度，但你能掌握生命的高度；虽然你不能使一切都如意，但你可以尽自己所能将一切做到最好。

一个人的青春战役

文 / 冠豸

为了找到一个好朋友，走多远的路也没关系。

——托尔斯泰

一

升入高中，我第一个认识的人就是崔子良，见到他本人之前，我已经听说了他的传奇故事。市三好学生，几届作文大赛的第一名，学生电台的主播，市音乐节学生组B组冠军。擅长棋类，学过书法、咏春拳，会拉小提琴，一个神一样的人物。

可是真见到他本人时，说实在的，我很失望。这个被传颂得神乎其神的同学，原来也没有三头六臂，只不过是一个留着"鸡冠头"的时尚男生而已。个头跟我差不多高，让人印象深刻的是他头上顶着的怪异发型和脸上酷酷的表情。

他一直是我的"假想敌"，中学时，我们不同校，可他的故事老师讲了一次又一次，虽未谋面，但早已熟知。没想到，进了高中，我们谋面了，还是同桌。

或许是一开始就对他有"敌意"吧，我没有像其他同学那样，很快就和他打成一片。崔子良人缘好，或许是他的故事大家都知道，所以第一次

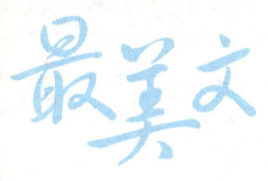

选班干部，他就以高票当选我们班的班长。我心里颇不服气，暗下决心，一定要和他"面对面"地较量一番。

以前，他只是"假想敌"，但现在都坐在一条凳子上了，"正面交锋"在所难免。

二

我每天都冷眼旁观崔子良，实在是看不出他有什么不一样的地方。上课认真听讲，作业按时完成，下课爱喧哗，该玩的时候，他比任何人都积极。没见他有什么特别用功的，他凭什么就"神"呢？

有时我就想：崔子良不过是平凡人，只是事实被夸大了，战胜他也没什么不可能的。他每天所做的事，我一样都没落下，一直以来，我也是学校的风云人物，更是父母的骄傲。我就不信我不如他。

崔子良并不知道我对他存有"敌意"，他对我很友善。我们的性格差别很大，我内敛，平时话少，但他却是个"话唠"，而且普通话说得非常好，怪不得能当学生电台的主播。

课间休息，我们的座位周边总会围着一堆人，他们都是来听崔子良讲笑话的。这家伙能言善道，一个毫无笑点的故事经过他嘴讲出来都能令人捧腹大笑，连我这个平日里不苟言笑的人也会不由自主地咧开嘴笑出声。

我和崔子良是不同类型的好学生，同样成绩优秀，但我在大家眼中是低调的，"中规中矩"的；而他高调张扬、锋芒毕露，有时还有许多出格的举动。他一点都不谦虚，心里有什么想法，马上就说出来，一点不在乎万一努力后不成现实被人笑话。

我和崔子良的竞争，一直以来都是我单方面进行的，我处处和他较量，哪一方面都不想输给他。他并不知晓我的想法，时常会告诉我他的宏大计划。当他揽着我的肩膀，告诉我他的种种想法时，面对他的坦率，我会很讨厌自己的虚伪。我笑着给他鼓励，心里想的却是新的竞争计划。他写作文参加市征文比赛，我一定也要写一篇；他给电视台写策划稿，我肯定也不落后；他报名参加市长跑比赛，我也报；当我知道他被老师选去参加市中学生现场作文比赛时，我就争取能去参加市里举行的中学生数学竞赛。

整个高一，我们的各科成绩并驾齐驱，他得了不少奖，我也得了不少奖。只是我心里面还是很郁闷他为什么这么优秀，因为他平时玩的时间挺多的，不像我，一直在暗中努力。

同学说我们两个都是老师的得意门生。但我感觉得到，老师对他还是更欣赏的。崔子良头脑活络，想的问题总和别人不一样，他还特别喜欢"打破沙锅问到底"。可能在我眼中只是很普通的问题，他却要深思熟虑，问出许多奇奇怪怪的东西来。

我很注意他的提问，只要他去想的问题，我也会绞尽脑汁地去想，就算那问题有些无聊，我也不会轻易放弃。他是我很久以来的一个目标，一面旗帜，是我非常想战胜的人。

我从来没有把自己真实的想法告诉过崔子良，如果他知道后，会怎么想呢？但他在无意中给我做了个很好的导向，让我跟着他，接触了很多过去自己并不喜欢也不擅长的领域。

他是学生电台的主播，普通话讲得好，我就每天回家后都坚持收听十分钟他主播的内容；他拉小提琴的时间，我在家练习葫芦丝；他去练咏春拳时，我肯定就在跆拳道馆；他写毛笔字时，我就练国画……我有他的时间安排表，就背着他也把自己的时间安排得满满的。

只是我想不明白，他每天看起来都精力旺盛，快乐无限；而我却过得很累，感觉自己像只上紧发条的钟。

三

我处处以崔子良为榜样，时时把他放在心里。有时，真希望他能歇息一下，这样我就可以暂时停下追逐的脚步。

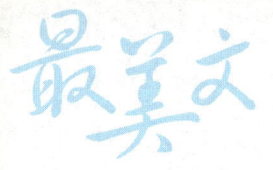

崔子良每天都过得风风火火、忙忙碌碌，我也是如此。我的疲惫写在脸上，崔子良曾问过我，干嘛把自己搞得那么累？我那时真想骂他，但忍住了，我累还不是因为他？

这场一个人的青春战役，我跟着他学到了很多东西，但我把自己的方向迷失了，甚至于我弄丢了自己。我不知道除了想要战胜他外，我自己还有什么梦想。我好像没有什么特别喜欢的，不像他，对自己的目标有鲜明的认识。

在高一结束的暑假，我才第一次对他说了埋在心里很久的话——我想战胜他。崔子良一点也不诧异，他说，他早知道我的想法，所以他也没有放松过自己。

"但你每天还是很快乐呀！不像我，都快累死了。"我抱怨道。崔子良笑得一脸灿烂。他说他做的都是他喜欢的，不像我，没有选择。

我突然就哑口无言。是呀，我马不停蹄地跟着他转，做的都是他喜欢的事，我一直都是跟在他后面。这样，如何才能超越他呢？如何会有自己的快乐？

一语惊醒梦中人。

"你一点都不比我差，只是没有自己的方向和目标。优秀的人很多，想要超越没什么不对，但要先超越自己，首先你得保持快乐。"崔子良直言不讳，说得我脸红耳赤。

"我喜欢你追逐的劲儿，如果你能够把这种坚持和毅力用在你擅长和喜欢的方面，你肯定会有更大的收获。我接受你的挑战，我们一直竞争下去吧，友好的竞争，在自己喜欢的方面做最大的努力。"崔子良握着我的手说，他的真诚，我能感知。

他一直都是真诚的，只是我隐藏了自己。开诚布公地交谈，让我又一次认识到自己与他之间的差距，不只是学识上，还有心胸和气度上。

崔子良的辉煌传奇还在续写，我希望自己的辉煌也能继续，就像他说的：做最真实的自己，做自己最想做的事，尽自己最大的努力。

赢不赢得过别人并不重要，重要的是赢过自己。这是崔子良教会我的，是我在这场青春战役中学会的最重要的一课。

（原载《意林》（原创版）2013年第2期）

成长路上的每次相遇，都是为了教会我们某些道理。那些平凡的少男少女，让我们学会了怎么生活以及如何成长。

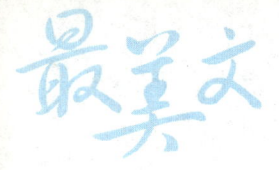

陈忠实的三大爱好

文 / 姚秦川

学问必须合乎自己的兴趣，方才可以得益。

——莎士比亚

由陈忠实原著所改编的同名电影《白鹿原》已经在全国各地热映，获得了票房口碑大丰收。这部史诗般的巨著从一开始的横空出世，到获得矛盾文学大奖，再到如今天改编成同名电影，十多年来一路走来，经历过无数的辉煌。同时，更不知有多少读者被这部文学巨作所倾倒。

而它的原著陈忠实先生，不管是当初获得矛盾文学大奖，还是如今同名电影的热映，都始终保持着一个文学大师特有的从容淡定、深邃沉稳。

由于职业的习惯，笔者曾多次采访过陈忠实，再加上他的老家离我的老家并不远，所以，每次采访陈老师，总有种近水楼台先得月的优越感。不过话说回来，陈老师对待每一个采访他的人，不管是知名媒体还是一些不起眼的小报，若是手头刚好没事，一定有求必应，一视同仁。

偶尔，接到采访电话，抽不出空，陈老师一定会在电话里抱歉地表示，等他忙完手头的活，一定挤出时间，将对方派给的"任务"保质保量地完成。

说实话，私底下，我和许多同行都谈到过陈老师接受采访时的态度，认真、严谨、亲和，没有一点大人物的架子，让许多采访者打心眼里佩服陈老师为人处世的态度和风范。

采访次数多了，也就知道了陈老师的一些爱好，这些爱好，用陈老师的话讲，"一辈子也改不了！"

陈老师最大一个爱好就是看足球赛。套用一句台词，不是一般的爱，是相当的爱。

当初，陕西还有自己的球队国力队时，包括陈老师在内，许多人都是国力队的忠实拥趸。我不敢保证国力队的每场比赛陈老师都会收看，因为陈老师是个大忙人，不可能有太多的空闲时间。但我敢保证，只要有机会，陈老师一定会坐在电视机前观看国力队的比赛。

每次球赛一结束，陈老师的手机就会变成热线电话，包括记者球迷们，都想听到陈老师第一时间对比赛的评论。有一阵子，我所在的报社在韩日世界杯期间，邀请陈老师开设足球专栏，陈老师爽快地答应。

那一段时间，陈老师观点独到的评论吸引了众多粉丝的关注，许多人在侃球时，时不时地会提到，陈老师在报纸上如何如何说。可见陈老师的足球见解有多高。

陈老师的另一个爱好就是喝酒吼秦腔。

陈老师嗜酒且有名气，他几乎是每晚都要自斟自酌，菜不在好，有酒就行。写作顺的时候，要喝酒，不顺的时候，也要喝酒。他在接受采访曾说："当年写《白鹿原》，第十二章是全书的'大关口'的第一章，写闷了，我就拎一瓶烧酒爬到原坡上去，一个人坐在地上喝酒。方圆几里没一个人，喝醉了也没人知道，啥都不想了，连小说也不去想它了……那是一种心态，一种完全超越了人世间荣辱与得失的心态。"

而在喝完酒后吼上几句秦腔，常常是陈老师的"保留节目"。他觉得它可以加强胸廓肌肉的力量，与游泳、划船有异曲同工之妙。陈老师认为吼秦腔能解除脑部疲劳，还可调理身体气血运行，利于新陈代谢和血液流通，对健康大有裨益。

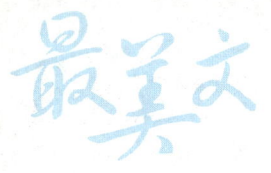

陈老师的最后一大爱好是抽雪茄。

熟悉陈老师的人都知道，他的烟瘾很大。陈老师曾在一次接受我的采访时透露，他烟龄有近50年了。不过他很少抽纸烟，觉得那种烟抽起来没味道。他说他最喜欢抽农民种在地里的那种汗烟，那种烟抽起来过瘾，有劲，抽一口浑身舒坦。

慢慢的，由于当地种烟叶的农民越来越少，汗烟也就越来越难买到了。陈老师便开始买一些雪茄回来抽，雪茄当然也有便宜贵贱之分。但陈老师表示，只要烟味道合口，就是最便宜的雪茄他也喜欢抽。

有次，在面对面接受我采访时，中间，陈老师忽然一副欲言又止的样子。我赶紧问他是不是有什么要事要做，陈老师有些不好意思地对我说道，烟瘾来了，我又知道你不抽烟，怕呛到你。所以，想到外面抽上几口。

那一刻，我忽然万分地感动！

一位大师级的人物，对待我们这些无名小卒，总是站在对方的立场上思考问题，同时设身处地地为对方着想。这看似一个不起眼的小细节，却让我真切地感受到了陈老师平易近人、亲切随和的大家风范。

（原载《意林》（原创版）2012年第12期）

每个大家都跟平凡人一样，他们其实就是平凡的人，有着自己的爱好，有坚持的梦想。而我们一旦接近他们，就会被他们的光亮照亮。

雪人

文 /〔美〕鲍勃·帕克斯　庞启帆 编译

只有美的交流,才能使社会团结,因为它关系到一切人都共同拥有的东西。

——席勒

一个大雪纷飞的星期六下午,小男孩威廉斯和他的父亲清理在暴风雪中落在通道上的树叶和树枝。休息时,他们静静地坐着看落雪。

"爸爸,我的朋友告诉我,每一片雪花都是不同的。"威廉斯说。

"我相信这是真的。"威廉斯的爸爸答道。

然后是短暂的沉默。

"我们怎么知道每一片雪花都是不同的呢?"威廉斯问。

爸爸微笑着看着儿子说:"我们只要验证就知道了。"

"但对我来说,它们看起来都是一个样的。"威廉斯补充道。

爸爸觉得有责任找出一个比较满意的答案,一个他的儿子若干年之后也会记得的深刻答案。

"儿子,雪花就像人。上帝创造的每个人都是不同的,我们以一个非常特别的方式保持我们的独一无二。我们怎么知道这个呢?我们只要验证就知道了。"

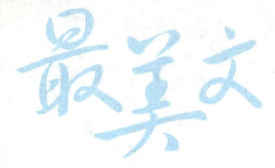

威廉斯站起来，伸出手，然后看着落在他手套上的雪花。

"它们是不同的。"威廉斯说，"就像人。"

"当他们在一起的时候，他们是那么美丽。"他继续说，"他们为什么不能融洽相处呢？"

"雪花？"爸爸问。

"不，人，爸爸。如果人们像雪花，并且每一个都像你说的那样独一无二和特别，他们为什么不能融洽相处呢？"

父亲意识到这是一个很大的问题——一个应该得到一个好答案的问题。

"我的意思是，当你看着我手套上的雪花时，它们都是不一样的。而当你看院子里聚在一起的雪时，它们看起来都是一样的。在一起时，它们更美丽。"

爸爸思考了片刻，然后说："选择。"

"选择？"孩子问。

"上帝给予我们最好的礼物之一就是选择的权利。我们所有的人都是不同的，但我们有一个共同点：我们可以选择我们要做的事。比如我们如何着装，住在哪里，还有我们彼此如何对待对方……"

"所以选择是一件坏事情？"威廉斯问。

"哦，不，只是在我们选择错误的时候。"

"我们如何知道什么是对，什么是错？"威廉斯问。

爸爸放眼四周，内心思绪涌动。是的，他得兑现他刚才说的"我们只要验证就知道了"的话。他必须抓住这个建立他儿子的信仰基础的机会。

爸爸走进雪地，搜寻他认为正确的答案。

"假如这些雪就是世界上所有的人，在一起时，他们都是美丽的。现在他们被赋予了选择的权利，他们认识到在一起工作是多么的美好，所以他们开始建立合作关系。"

爸爸俯下身，把雪分成了两堆。

"两方都承认他们的不同之处。一方说：'让我们在一起，用我们各自不同的能力，同心协力来做有益于世界的事情。'另一方说了同样的话，但如何做事，他们的想法不能达成一致，所以他们每一个都从这个整体上分离了。"

说完，爸爸看着儿子。

"你现在明白了吗？"

"是的，我想我明白了。"威廉斯答道。

然后，爸爸继续铲雪。用第一堆雪，他造了三个巨大的雪球；用另外一堆，他则造了几个比较小的雪球。

"哪一方做了正确的事情？"他问孩子。

威廉斯看着两堆雪球，无法做出选择："爸爸，我不知道。"

爸爸把三个巨大的雪球叠了起来。

"这是一个雪人！"威廉斯脱口喊道。

"现在，哪一方做了正确的事情？"

"拼成雪人这一方。"威廉斯兴奋地答道。

"是的，这些雪花走到了一起，并且它们每个都认识到自己是独一无二的。它们每个都加入了一份努力，从而使雪人得以诞生。"爸爸说。

威廉斯站起来，捧起一捧雪，团成雪球，然后他开始一个接一个把它们朝那堆被他爸爸分成了几个小雪球的雪堆扔去。

"你在干什么？"爸爸问。

"这就是人们不能融洽相处所引发的结果，他们发生了战争。"他说。

爸爸震惊了，他站起来，把儿子揽入怀里，紧紧地抱着他。

他在他的耳边轻轻说："我祈求上帝让你永远与身边的每一个人融洽

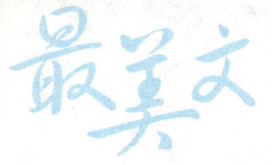

相处。"

威廉斯舒服地靠在爸爸的臂弯里,说:"我会做出正确的选择,我会学习塑造世界上最棒的雪人。"

(原载《语文报》2015年第8期)

团结是人类文明的基石。人人生而平凡,可是平凡的人聚集在一起就可以产生最伟大的力量,继而产生智慧,创意……社会就是这样进步的!

时间去哪儿了

文 / 孙道荣

在世界上我们只活一次，所以应该爱惜光阴。必须过真实的生活，过有价值的生活。

——巴甫洛夫

时间对人说，如果你愿意，我可以每天帮你存储一分钟，在你最需要的时候，再还给你。

人说，这个主意很好，但是，我非常非常忙，时间根本就不够用，一丁点多余的时间都没有，恐怕你没办法从中拿走任何一分钟。

时间笑笑，我只从你多余的，或者闲暇的，或者无所事事的时光中，拿走一分钟，再帮你存储起来，绝不会影响你的正常工作和生活。

人点点头。心想，时间本来就是你给我的，正好让你看看，你给我的时间是多么少，多么不够用。

时间发现，人的一天，真的非常忙碌——早晨起来，甚至来不及吃一口早饭，就得往单位赶；到了单位，就开始打电话，接待客户，上网查阅邮件，看新闻，忙得像陀螺一样；下午马不停蹄，连开了三个会，读了一叠文件，签了一堆名字；晚上陪领导和客户，喝酒吃饭，饭后又唱了几个小时的歌，还打了几局牌，直到深夜，才疲惫不堪地回家。

时间摇摇头，人确实太忙太累了，似乎真的一点多余的时间都没有。

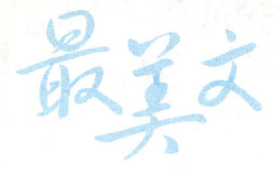

不过,时间还是神不知鬼不觉地,每天从人的身上,拿走一分钟。

第一天,时间是趁人打一个电话的时候,悄悄拿走了他的一分钟。这个电话已经打了半个多小时,没完没了。类似的电话,人经常打。有时候是因为感情上的事,有时候是和合作伙伴谈判,有时候仅仅是闲扯。时间拿走了其中的一分钟,人毫无知觉。

第二天,时间是从饭局上拿走了人的一分钟。一帮人酒都喝高了,为了其中的两个人要不要再干一杯,一帮人你来我往地拉扯了十几分钟。时间就是这时候下的手,拿走了人的一分钟,人醉意朦胧。

第三天,是双休日,人和几个朋友相约,打了一下午的牌。时间轻而易举地从中拿走了一分钟,谁也没有察觉。

有一天,人为了一件事生闷气,整整一上午,什么事也没做。时间拿走了其中的一分钟。

还有一天,人坐在电脑前发呆。时间蹑手蹑脚地拿走了一分钟。

日子一天天过去了。时间每天都从人那儿,偷偷拿走一分钟,人一直浑然未觉。

直到有一天,死神找到了人。

生命眼看走到尽头了,人心有不甘。人哀伤地对死神说,请再宽限几天,我还有很多事情没来得及做呢。我没来得及孝敬双亲,我没能好好陪陪妻子和孩子,我虽然天天忙忙碌碌,但自己喜欢的事情却一直没做。请再给我几天,让我尽尽孝心,陪陪孩子,做做我自己的事。

死神坚决地摇摇头,你已经没有时间了。

人忽然想起来,若干年前,时间曾经答应,每天为自己存储一分钟。但他不能确定,这个约定有没有效。因为,他从未觉察哪一天,少过一分钟。

时间站了出来。时间说,从四十年前,当你身强力壮的时候开始,我就确实每天帮你存储了一分钟。直到今天,40年总共正好是10天。

人一听，激动不已。人对时间说，谢谢你在不知不觉中，帮我存下来这10天，我一定要好好珍惜这最后的时光。

时间摇摇头，可惜这10天，你也已经使用完了。

人绝望了，死神准备带走人。人哀号，求求你，今天你不是还拿走了我一分钟吗？请还给我！

时间说，没错，我刚才就是利用这一分钟，告诉你这一切的。

人大叫一声，从床上惊醒，一身冷汗。

（原载《语文周报》2015年第6期）

时钟可以回到原点，可已不是现在。人生也一样，我们恍恍惚惚地错过一些人，一些事情，一些风景，可是不以为然。最后才发现错过了一生！

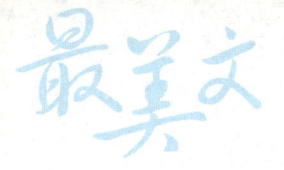

1% + 3%

文 / 刘代领

好榜样就像是把许多人召集到教堂去的钟声一样。

——丹麦名言

与一位做职业培训师的朋友聊天，他说在咨询和培训生涯里，他发现这个世界上的大部分人都不爱学习，这些人可能占到了人群的90%。

"那是否就意味着有10%的人爱学习？"我问他。"是的，"但他很遗憾地对我说，"可是这些爱学习的人中，却仅有10%的人会学习。"

"那是否只有10%的人是最有希望成为成功者呢的？"我问他。他笑了："不是，还要再去掉9%的人，只有1%的人既热爱学习，又善于学习，他们就是我们看到的成功的那1%。""那么可不可以说，培训人们既热爱学习，又善于学习，对于很多人尤其是职场中的人来说是很重要的。"

"是的，我们还发现，我们很难让90%不爱学习的人变成热爱学习的。但如果能够帮助9%的爱学习却不会学习的人成为善于学习的人，让最成功的那类人的比例从1%变成10%，这是一件很了不起的事情。我们还发现凡是注重学习的企业老总对于公司员工的职业培训也是很注重的，而且企业发展得也相对好些。""是否可以这样说，好老板都是爱学习，同时也是善于学习的老板。"我又问他。"是的，这样说是很有道理的。"他回答道。

接着他又告诉我一个美国著名的心理学家和人际关系学家戴尔·卡耐

基对世界上一万个不同种族、年龄与性别的人进行过的关于人生目标的调查。戴尔·卡耐基发现，只有 3% 的人能够明确目标，并知道怎样把目标落实；而另外 97% 的人，要么目标不明确，要么不知道怎样去实现目标。

10 年之后，戴尔·卡耐基对上述对象再一次进行调查，结果令他吃惊：调查样本总量的 5% 找不到了，95% 的人还在；属于原来 97% 范围的人，除了年龄增长 10 岁以外，生活、工作、个人成就上几乎没有太大的起色，还是那么普通与平庸；而原来与众不同的 3% 的人，却在各自的领域里都取得了相当的成功，他们 10 年前提出的目标，都不同程度得以实现，并正在按原定的人生目标走下去。

这位朋友对我说，1% + 3%，也就是既热爱学习，又善于学习，又有人生目标，这样的人不成功都很难。

（原载《学习博览》2009 年第 9 期）

> 我们每天打开报纸，上面经常是一小撮人的消息，所以，我们要努力变成这一小撮人。可是你应该知道，不是谁都可以成为这样的人的！

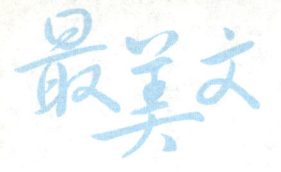

达仰的教诲

文 / 侯拥华

科学的未来只能属于勤奋而谦虚的年轻一代。

——巴甫洛夫

1920年冬天，在法国留学期间的一次茶会上，徐悲鸿有幸结识了法国当时最为著名的大画家达仰。当时，徐悲鸿只是一个初到法国学习美术的留学生，而达仰却是法国画坛的泰斗，初见大师，徐悲鸿自然激动不已。作为初出茅庐的晚辈，他表达了自己的仰慕之情，并迫不及待地向大师提出了拜师学艺的请求。

面对这个态度诚恳情真意切的东方才俊，喜欢提携后人的达仰，爽快地应承下来。那次他们交谈甚欢，达仰还不忘告诫他：学美术是很苦的事，不要趋慕浮夸，不要甘于微小的成就。临走时，达仰将自己的家庭地址留下来，并极为真诚地对徐悲鸿说，你每个星期天都可以来我的画室学习作画。

此后，只要徐悲鸿身在巴黎，每个星期天的早晨，他都会带上自己的作品到希基路65号老师的画室，向老师请教。达仰亦师亦友，倾尽全力地对他进行学业上的指导。

留学期间的求学生涯是极其艰苦和枯燥的。为了节约开支，徐悲鸿甚至连续几周只是以面包和冷水充饥，学业上尽量不画耗材费用很高的油画，而是把重点放在了费用偏低的素描上。请不起模特他就画妻子蒋碧薇，有时还对着镜子画自己。有一次，去参观法国全国美术展览，沉迷于艺术之中的他在展览馆里流连忘返，一天都没有进食。黄昏的时候，走出展厅，天降大雪，可他只穿了一件单薄衣服，冻得瑟瑟发抖。

又冷又饿的他跑回家中，赶快冲了一个热水澡以此驱走身上的寒气，没曾想，从此落下了终生不愈的肠痉挛病。他常强迫自己忍痛作画，现存的一幅素描上就写着这样一句话："人览吾画，焉知吾之为此，每至痛不支也。"

到了1921年，因为国内时局动荡，北洋政府中断了留学生的生活费，徐悲鸿夫妇只好被迫来到消费较低的德国柏林继续求学。这期间，因为喜爱伦勃朗的画，他便去博物院临摹，每天都持续画10小时，其间连一口水也不喝。特别在临摹伦勃朗第二夫人像时，他下了很大的工夫，觉得略有收获，但仍不能用在自己的作品上，于是更加努力。

1923年的春天，一度中断了的助学金又开始发放，徐悲鸿这才从柏林回到巴黎。苦难困顿的生活和艺术技艺的徘徊不前，让他难以忍受，在看望老师达仰的时候，他道出了心中的苦闷。

达仰看着他困惑的表情，没有正面回答，而是极为平静地给他讲述了这样一件事情。他说："在法国19世纪有个名画家叫穆落脱，可以说是个天才，凭着他的才华，本应能成为最出色的艺术大师。但是，他最终却没能达到达·芬奇、米开朗基罗、拉斐尔这些一流艺术大师的高度。这是为什么呢？原因是他在艺术道路上没有经历过苦难。伟大的艺术家都有坚韧的毅力和为全人类奉献的愿望，而没有经历过苦难的人，往往就会缺乏这种远大的抱负。"

达仰洞若观火无比深邃的思想，仿佛是黑暗中亮起的一盏明灯，一下子照亮了徐悲鸿内心灰暗的世界，使他在迷惘的人生十字路口重新看到了生活的希望。听完老师充满着人生智慧的教诲，徐悲鸿忽然有种醍醐灌顶

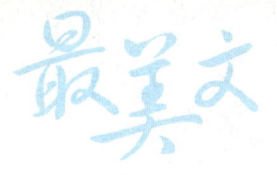

的觉醒，重新激发了他在困境之中奋起前行的热情。

后来，徐悲鸿把苦难作为知己，以苦难为精神养料，终于成长为蜚声海内外的大师级的画家。在导师达仰身上，他不仅学到了成为艺术大师必须具备的艺术修养，还学到了极为珍贵的人格修养。

多年以后，功成名就的徐悲鸿仍念念不忘恩师的教诲。想起恩师，他总也忘不了当年分别的情景。面对即将天各一方的老师，他不胜感激，极为真诚地说："今生除了父亲之外，教诲我最多的就是达仰先生了。"

（原载《思维与智慧》（上半月）2013年第7期）

一个人应当有谦卑的素养，对人生怀有感恩的心，这样的话别人就会被你的真诚感染，从而遇见自己一辈子的贵人。

尴尬的背诵

文 / 林永英

书籍是巨大的力量。

——列宁

从小到大,我就对背诵莫名的发憷。经常会因背不下而罚站,打屁股,其可怜之状不可描述。

对于硬性的背诵,我总不能记住自己到底背了些什么。语文中的古诗词还好,就是怕政治哲学啥的,那简直就是天书,咋读都迷糊。

最尴尬的一次背诵是在师范背《学生守则》,是全校大张旗鼓举行的一场背诵比赛。我至今都不知当初背的是啥玩意儿,其实,即使我没背下来,我依然是个非常守规则的好学生。

在班里集体站在黑板前背,班主任就在下面压阵观察。我这个平时老实刻苦的好学生,站在队伍里,随着同学们的张嘴发声也在做着相同的口型哇啦哇啦地背诵,是那种理直气壮,慷慨激昂地背。

班主任很满意我们的正确整齐,我记得班主任还特意看了我几眼,我背得更起劲,嘴也张得更大了。天!我不知道这几眼代表着什么含义,要是知道,割肉我也不会卖力地背了。

比赛就在那晚的晚自习后,在学校的大礼堂里举行。台上是一个班级接一个班级的背诵,穿着全部是统一干净的校服。台下是群情激昂的学

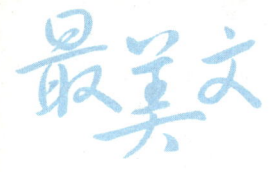

生，他们热情高涨地听，叫好，鼓掌。真是不理解那样枯燥无味的活动，怎么能让一群正是热血沸腾，青春烂漫的大孩子们如此地痴狂。也许是在教室里待得太久了，压抑的时间太长了，好不容易有了这么一个可以让自己无所顾忌地大吼大叫的场所，所以才兴奋莫名吧。

终于临到自己的班级了，整齐地上台，排好，站好，一切井然有序。明亮的灯光下我也便坦然地随全体同学张大了嘴巴大声地背诵，那阵势，那场面，很是豪迈，激情万丈。

也许自己真的是背得滚瓜烂熟，反正自己在张嘴在发声，整个班级的男女生都在努力张嘴发声为自己的班集体争光。背诵完是热烈的掌声，台下群情激奋。接着是抽学号出列背，9号！天，是我呀！在同学们的催促下，我茫然地接过主持人的话筒走到台中央。天！这就是班主任多看了我那两眼的结果，我咋这么背啊？

面对热情的台下，我茫然地不知身在何处。我的大脑一片空白，所有的一切静止，时间静止，声音静止，寂静，寂静，好像走进一个偌大的森林，我在抬头茫然地看，看树隙间的光线，不知所以。

时间在嗒嗒而过，也许是一个世纪那么长，那么久。我脑海中啥都没有，一片空白。这样不知站了多久，只觉太长太长，说不出的感觉，没人帮我，把我领走，离开。

终于我对着话筒机械但不失礼貌地说："对不起，我太紧张了。"便轻鞠一躬鬼魅般回到班级的队列中。天，这就是紧张，紧张得啥也听不到，看不到，像梦游。

耳边依旧没有任何声息，眼睛里也依旧没有同学的任何表情。我就呆呆，木木地站在他们当中，转身，下台，回座位。

后半场的比赛我在自己的座位上没有看到听到任何的人和声音，我依旧聋而盲，时间那么漫长，漫长得我找不到自己。

比赛结束了，我随同学们的脚步回到宿舍，宿舍的楼梯好高，好陡呀！那些从我身边匆匆而过的同学都会侧头看我一眼，瞧，这就是今晚那个说对不起太紧张特出格的姐们。从没有的疲惫和劳累向我袭来，腿脚那么沉那么重，我不得不低头把台阶一一艰难地数完走完。

事后，没人说我，班主任也啥都没说，但我能想象得到他的失望还有在台下观看时的尴尬。很长的一段时间，我都不能自拔，沉浸在自己的失败当中。

唯有体育班的那个男孩事后惋惜地告诉我，他就在台下，离我很近，并大声喊叫告诉我答案，他班的同学都喊。可当时的我心里一片空寂，耳际里毫无声息，那么热闹的场景竟然就在我的生活中如电影中的刹那静止，空白，慢镜头似的，蒙太奇般地没了声息。

我很抱歉地说，太胆小，太紧张，啥也听不见，啥都忘了，记不得了。

其中一个同学不无嘲讽地说：天！她竟还记得会说对不起。

一切都过去了，随着时间的流逝，所有的都在淡忘，一切都不再那么重要，但那段没有太多欢乐的青春还是给我留下了一个苍白的疮疤。

究竟那样的岁月该怎样过，自己曾经很是厌烦那些毫无意义的活动，总觉是在浪费时间精力。用那么多的晨读时间去背那些枯燥的条条框框，究竟能有多少收益，我至今不知。

曾经也很厌烦清晨的跑操，朦胧中，还没有睡醒，喇叭里便响起了冲锋的号角，那滴滴答答的小号是战争片中胜利的号角，是一种喜悦兴奋。但放在早晨，让它成为唤我们起床的号角，便不再激扬美妙，而是一种聒噪。虽然现在早不用听号起床，但至今仍是条件反射，听到它便有说不出的心烦气躁。

单调枯燥的校园生活，就在自己愿与不愿，乐与不乐中一闪而过。好在我安然地度过那段岁月，没有错走歪走那段需要关怀的羸弱的青春。

那段时间，书让我安静下来，有了自己的心灵的收获，书永远都是人

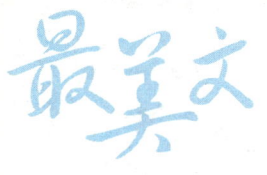

们最真挚友好的朋友。

　　我想告诉那些仍处在青春时期在校读书的孩子，无论青春怎样如鸟雀跳跃，都应多读书。你可以有很多的朋友，但书这位不语的哑友，对你却是最真诚无私的。它不会让你远离人群，智慧，从而永远推你向前。

（原载《语文报》2014年第33期）

　　我从不质疑书的力量，就像我始终相信朋友一样。青春路上的迷茫和躁动，人生路上的坎坷和纠缠，都可以用书的力量一一化解！

林非读书兴趣探源

文 / 思想者

书籍是青年人不可分离的生命伴侣和导师。

——高尔基

人,所好各异,兴趣迥然。有的人对吃喝玩乐感兴趣;有的人对声色犬马感兴趣;有的人对权钱名利感兴趣;有的人对琴棋书画感兴趣,等等,不一而足。

然而,著名学者、散文家林非却对读书情有独钟,并怀着浓厚、持久的兴趣。他读书,并不像有些人那样三分钟热血,或是一曝十寒,而是从髫年读到耄耋之年也不厌倦,至今依旧读得津津有味,还想不断地扩展自己的知识领域。

于是,我们不禁要问,林非的读书兴趣从何而来?在与林非多年的交往中,我有幸找到了答案。

据林非先生说:"他之所以对读书感兴趣,离不开母亲长久的言传身教和督促鼓励,母亲希望他一辈子都好好地读书,成为一个有用的人才。"

林非的母亲诞生在一个恪守礼教的乡村秀才家庭,从小就憧憬知书识理。林非曾听不少长辈的亲戚说起,他的母亲在私塾里念书时背诵和理解课本的能力,远远超过了同班的许多男儿。林非依然记得,在他小时候,母亲就时常给林非背诵他喜爱的诗句:"人行明镜中,鸟度屏风里。"

我曾读过林非写过的一篇文章《母亲的爱》，在文中他谈到，父亲因经营的药铺和作坊都纷纷倒闭，家道衰败得厉害，无力供林非上学，打算让他去上海的一家贸易公司当练习生以来贴补家用。可是，林非因为从小受到母亲的影响，一心一意想上学，天天做着的却是读书梦。父亲见他这样不听话，气呼呼地从椅子上蹦跳起来，高扬起手臂，像要狠狠地揍他一顿。

这时候，母亲听到他的哭叫声，赶快从卧室里奔过去，气愤地朝着他父亲说：" 你毁了我一生，再也不能毁掉自己的儿子，得让他继续上学！"母亲哭着从口袋里掏出手绢，擦干了林非脸上的泪水，抽噎着嘱咐他说："妈就是因为从小辍学，不能独立谋生，才仰仗他人，受尽摆布。以后的日子哪怕再困难，也得送你去上学。"

当时，林非本想留在母亲的身边，尽量抚慰她那颗受伤的心，等在家乡读完高中之后，再去上海考大学。可是，她母亲坚决不同意，说："大丈夫志在四方，怎么能畏畏缩缩，做一个没有出息的人？"

除了受母亲的教育、培养、引导和鼓励之外，林非之所以对读书感兴趣，还有一个根源。林非曾写信告诉我，"由于家庭的衰败，一种危机感促使自己要通过读书，来获得自立于人世的资格。"

林非的父亲因在外娶妾，开销过大，便再也不像从前那样关心他们了，把全家人扔在一边，母亲只得领着儿女孤苦伶仃地过活。

林非在一篇文章中这样写道："记得在一个寒冷的冬夜里，我突然从睡梦中惊醒，听到母亲在低声地啜泣。这像游丝一般轻轻飘荡的哀音，在我耳中竟犹如响起惊天动地的霹雳。"

林非父亲作出的这种不负责任的荒诞的行为，不仅极大地伤害了林非的母亲，还使少年的林非感到从未有过的苦恼和困惑，心中充满了忧郁，他变得愈发敏感了。只要瞧见大人和孩子们斜斜地瞪着眼睛，咬着耳朵说悄悄话，林非就会以为是在议论他。家庭的变故以及周围发生的诸多悲剧,让林非不由得思索起来,这世间为何充满了悲剧的命运?人生难道真是痛苦的深渊吗?应该怎样面对这冷酷的现实?

为了寻找到答案,他躲在屋子里翻起书来。书中那些精彩的内容好似天光云影一般映入林非的眼帘,让他兴奋并且着迷得流连忘返。读书使林非暂时忘记了烦恼,体验到了其中的乐趣,让他的内心感到异常的丰富和充实,还懂得了宇宙人生的一些奥秘。

母亲的爱化作绵长持久的力量激励着林非在书山上攀登,在学海里泛舟,并乐此不疲。而对于人生的思考,又促使他试图通过读书获得新知,直至求索生命的真谛。正是由于这两个原因,林非才萌生了读书的兴趣,并把读书作为他一生的追求,矢志不渝,因此,林非才能在读书的道路上愈走愈远。

(原载《华人时刊》2011年第2期)

我们试图感知这个世界,是从母亲那里开始的,可是让我们变得充满智慧,却又从书开始。那么,知道怎么做一个优秀的人吗?那就是充满爱,然后多看书。

中国人应该怎样读书

文/林振宇

读书越多,越感到腹中空虚。

——雪莱

有人说,世界上最动人的皱眉是在读者苦思的刹那;世界上最自得的一刻是在读书时发出的那会心的微笑。

展现在我们面前的是这样一幅画面:二战时期,英国伦敦遇到德军的空袭,很多房子被炸塌了,有一处图书馆也已倾颓,地面满是尘土和砖石。然而,令人震撼的一幕出现了,几位穿着得体的英国男人,竟然不顾敌机刚刚离去,穿进废墟的图书馆,挑选自己喜爱的书,然后全神贯注地看了起来。

我们听说英国男人素有绅士风度,在上面这幅画面中,我们从他们读书时流露出的神情上便可以看得出来。英国人酷爱读书,就像英国著名戏剧家莎士比亚说的,"书籍是全世界的营养品",在英国人的家里,书是必备的。英国人认为,读书是一件有"面子"的事儿,在朋友高谈阔论时,如果谁没读过某本畅销书,谁就会觉得很尴尬。可见,他们读书没有那种功利色彩,而是一种发自内心的自觉的习惯。

去过俄罗斯的人都会注意到,无论是在候机大厅、车站、码头,还是在公园、地铁,处处可以看到手捧书读的俄罗斯人,这已成为这个民族独特的一道风景。高尔基说:"我扑在书上,就像一个饥汉扑在面包上。"或许在俄罗斯人看来,书籍和面包同等重要,是生活中不可缺少的重要的一部分。

反观中国人读书，一个很大的误区就是功利心太重，他们总是抱着实用主义的观点来看问题。就好比你写诗、写文章，有人就会问你，这有什么用？你若告诉他，只是喜欢而已，没有什么用。那人听了就会摇头，用一种异样的眼光看你，或许还会说，有闲时间干啥不好，还扯那蛋！如果你和他说，写东西能赚稿费，还能出名呢！那人就会对你另眼相看，赞许地说，有头脑啊，这年头琢磨如何多挣点儿钱才是正事儿。读书的情形亦是如此。

就说古人吧，"两耳不闻窗外事，一心只读圣贤书"，他们之所以这么执著地读书，其目的只有一个，就是为了考取功名。在那个"学而优则仕"的社会背景下，人们只是为了当官、做"人上人"，才经年累月埋头苦读。一次考不中就考二次、三次……有的人甚至考白了头，直到考不动了，才很不甘心地放弃。

《聊斋志异》作者、清代著名小说家蒲松龄，一生热衷于科举，他19岁成为秀才，以后的几十年里都在考试，却名落孙山，直到72岁才成为贡生。而吴敬梓笔下的"范进"，也是读书人的一个典型。他追求功名利禄，20岁起屡试不中，直到54岁才得了个秀才。后来，当他得知真的中举，不曾想却疯了！

今天的中国人，无论是在家里，还是在学校，家长和老师都会向他们灌输这样一种思想："只有好好学习，将来才能考上大学，找份挣钱多的好工作。"中国人读书似乎就是为了一纸"文凭"，找份好工作。

社会的现实也让我们意识到，倘若没有文凭，没有这块"敲门砖"，即使你多么有才能，也会被许多门槛无情地挡在外面。而在诸多的职业中，公务员倍受大学生们的青睐，全国各地每年报考公务员，都会出现异常火爆的场面，竞争之残酷，非亲历者是无法感受到的。只有考上公务员，才能进政府机关，这无异于现代版的"科举制度"，也是"学而优则仕"在今天的再现！

中国人读书往往来自外界的诱惑，如"千钟粟"、"颜如玉"、"黄金屋"等，倘若一旦得不到，则会高呼上当。因此，中国人读书大多是一种被动的行为。

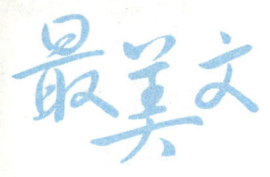

而以色列人却不是这样。这个犹太民族自古以来就崇尚知识和智慧，爱好读书是这个民族的优良传统。据说他们至今还保留着一个风俗，刚开始教孩子读书时会在旁边放一罐蜂蜜，让孩子边看书边舔食。潜移默化，久而久之，孩子们的头脑中便有了一种"书是甜蜜的"意识，遂自觉地爱上书籍，并在阅读的快乐中成长。

那么，中国人应该怎样读书呢？就心态和动机而言，中国人应该走出读书的误区，培养一种平和、超脱的气度，少一些急功近利，将读书视为我们生命中的一部分，成为一种习惯。

一个人，不仅要有物质生活，还要有精神生活。当他的衣、食、住、行等最基本的物质需求满足以后，他就会追求一种精神上的需求。而读书则是精神生活的一种方式，它会让我们的精神生活丰盈起来。

其实，纯粹的读书无关名利，完全是发自内心的，它就像精神的面包，为我们生命所需。吃饭可以强健我们的身体，读书则可以强大我们的精神。一个人，即便骨骼健全，倘若精神上有缺陷，也很难说他是一个健康的人。一个民族亦是如此，而读书能够弥补其不足。

很难想象，一个不爱读书的民族如何拥有智慧、文明和伟大？所以，中国人应该把读书作为中华民族的传统美德，将其传承下去，让更多的中国人热爱读书，成为我们日常生活中的一种习惯。诚如温家宝总理说的那样："我愿意看到人们在坐地铁的时手里候能够拿上一本书。"

（原载《人民文摘》2014年第2期）

昨天看了一则报道：北京大学图书馆今年一年的图书借阅量达历史最低。这不禁让我们反思，现在的我们是怎么了，是教育的问题，还是人们太忙了？总归，是人们太浮躁了！

心若亡，书则远

文 / 纳兰泽芸

  各种蠢事，在每天阅读好书的影响下，仿佛烤在火上一样，渐渐熔化。

——雨果

  2012年，联合国教科文组织的一项调查显示：全世界每年阅读书籍排名第一的是犹太人，一年平均每人读64本。而中国13亿人口，扣除教科书，平均每人一年1本书都读不到！上海在中国内地读书量排名第一，但也只有人均8本。

  一年读不到1本书！一个13亿人口的泱泱大国，竟然成为世界上年阅读量几乎垫底的国家！实在是令人吃惊并汗颜！

  当被问及读书少的原因时，绝大部分人的回答是："没时间！"

  可是，每个人扪心自问一下，果真忙得挤不出一点读书的时间吗？

  其实，只要每天能挤出15分钟读书就可以，来算笔账，看看我们一年能读多少书？

  一般人一分钟读300字不在话下，那么15分钟就能读4500字，一星期7天就能读31500字，一个月30天就能读126000字，一年365天就能读1512000字。一本书如果按10万字来算，我们一年就最少能读15本书。

  一年15本书，虽然不多，但相较于一年不足1本书，是不是已经很

好了?

人生有三样东西别人拿不走,一是吃进肚里的食物,二是藏在心里的梦想,三是读进大脑的书。

这里的"读进大脑的书"其实指的就是知识或智慧。读书有多重要?且抛开"书中自有黄金屋,书中自有颜如玉"这种稍显"陈腐"的观念不说,但读书的确关系到一个人的思想境界和修养,关系到一个民族的素质。在一定程度上,甚至可以说,一个人的精神发育史,其实就是这个人的阅读史。

正如温家宝总理有一次在与年轻人交流时,鼓励大家多读书,他说:"书,本身可能改变不了世界,但是读书却可以改变人生,而人,却可以改变世界。所以,从某种意义来说,读书就可以改变世界。"

世界上人均读书最多的犹太人有个习俗,就是婴儿出生时,母亲就会在《圣经》上滴上一滴蜂蜜,然后给婴儿舔尝《圣经》上的这滴蜂蜜,意在告诉孩子:书是甜的,以后一定要爱读书!

孩子长大一些,要进行启蒙教育了,母亲会问孩子一个问题:"如果有一天,我们家着火了,逃命的时候你将带着什么?"如果孩子说是钱、珠宝、钻石之类的东西,母亲会纠正他,并告诉孩子要带的是书,也就是智慧。母亲会说,你要永远携带在身上的不是钱,不是钻石,而是智慧。因为智慧是任何人都抢不走的,只要你活着,智慧就会永远跟着你。

犹太人对书,也就是对智慧的重视甚至可以用虔诚来形容。在犹太人的生活里,唯有读书不受任何宗教戒律的限制。这一点,从犹太人"安息日"只允许读书可见一斑。

犹太历每周的第七日(自星期五日落到星期六日落)为安息日,犹太人谨守安息日为圣日,不许工作,不许娱乐,犹太人开的一切商店、饭店、娱乐场所都一律停业,交通中断。每个人都必须在家中"安息"和祈祷,不能走亲访友,更不能外出游玩。但唯有一件事是例外,那就是可以读书，并且唯有书店是正常营业的。所以，每当安息日，书店里满是静悄悄读书和买书的人，那样的书香氛围，令人动容。

这样一个重视智慧的民族，人口总数不足世界的五百分之一，获诺奖的人数却占总获奖人数的五分之一。截至 2008 年，共有 164 位犹太人获得诺贝尔奖！

说犹太人多灾多难，相信没有人会反对，多少年来，万千犹太人被迫害驱逐无异犬鸡，二战中更是遭到纳粹的血洗甚至种族灭绝！5000 年的民族史，就有 2000 多年流离失所。在流浪天涯时，他们没有权力，没有地位，没有庇护，他们就是凭着自己的智慧和双手，开创一片天。

可是，就是在这样的灾难面前，犹太人却涌出了那么多如雷贯耳的名字：耶稣、爱因斯坦、马克思、弗洛伊德、毕加索、高尔基、洛克菲勒、海涅……

究其原因，读书，功不可没！

既然读书如此重要，为何我们却发现，在经过数十年的扫盲与教育普及的中国，识字的人的确多了，但读书的人却更少了。这是一个令人痛心并值得深思的现象。

的确，处在社会转型期的中国，在一段时期内"读书无用论"有抬头趋势，但人们必须看清，那只是特定时期内的短暂现象，永远也改变不了"读书改变人生，知识改变命运"这一亘古真理。

就算是李嘉诚，虽然他因为家贫小时候没上过几年学，但他一生从未间断过读书和学习。通过不断的读书学习，他不断充实自己提高自己，通过读书来不断掌握知识、增强本领、开拓创新，让他始终立于商场不败之地。

读一本好书所汲取的智慧，会给人带来力量、安全和幸福。一个社会的整体内在力量是向上提升还是向下沉沦，取决于这个社会的全体民众智慧之根扎得深还是浅。

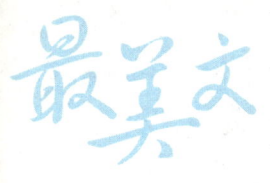

至于绝大多数人将读书少的原因归咎为三个字:"没时间",是真的没时间吗?

想起那个许多人耳熟能详的小故事。一位老师在课堂上,往一个小瓶里装石子,装满后问学生们:"瓶子装满了吗?"学生们异口同声地回答:"装满了!"老师不作声,抓起一把沙子慢慢装进了瓶子,老师又问:"满了吗?"学生答:"满了!"老师不作声,又用勺子舀了一勺水慢慢倒了进去。水倒进去后,老师看着同学们意味深长地说:"这就像我们的时间一样,许多同学抱怨时间不够用,其实是你自己没有充分发掘罢了!"

许多人知道这个故事,但真正懂得并牢记在心的并不多。

"冬者岁之余,夜者日之余,阴雨者晴之余"。其实这"三余"也就是零碎时间的累积,正如达尔文说的那样:"我从来不认为半小时是微不足道的一段时间,就算是每天有五六分钟,如果好好利用起来,一样可以有很大价值。"

据说在美国印钞厂处理金粉车间的地板上,有一个木格子,这个木格子的功能就是承接处理金粉时落下的金粉碎屑。每次落下的金粉碎屑很少,但日积月累,每年竟接了价值上万美元的金粉。

这些金粉碎屑就像我们日常生活中的零碎时间,等开饭的几分钟,等车的几分钟,等朋友的几分钟……这些几分钟时间就像一颗颗小水珠,如果任其分散,它就会蒸发掉,变成水雾飘散;但如果积聚起来,就可以汇成小溪,变成河流。

你能想到,《汤姆叔叔的小屋》是哈丽特·斯特夫人在做家务的间隙里完成的吗?你能想到,朗费罗翻译但丁的《地狱》,是利用每天等待咖啡煮熟的10分钟时间吗?

再如荣获诺贝尔文学奖的加拿大女作家艾丽丝·门罗,她是2013年文学天空中飞过的一只雁。这只雁在她发已成雪的82岁时,荣获文学领域的最高荣誉。

从少女时代就喜爱文学的门罗，命运却让她20岁便嫁为人妇，接下来成了四个孩子的妈妈。生活的陡然重负与照顾幼小孩子们的忙乱，几乎蚕食了她所有的年轻岁月。然而，她那颗对于文学的热爱之心，却犹如一只不死鸟，紧紧抓住那似乎渐行渐远的文学梦。常常，深夜的时候，她照顾孩子们都睡下，忙碌了一整天的她抓起纸笔，伴随着孩子们的小呼噜声写几句；烧菜的间隙，再赶紧写几句；在烤面包时，她也等在烤炉前写几句……

这位年轻的妈妈，在生活的重压之下，她那颗文学之心却从来都未曾彻底萎蔫过，她充分利用起所有的零散时间，顽强地拓展着自己的纸上空间。她的获奖，看似突然，实则必然。她就像一只蝉，在数十年里，在零碎的时间里积蓄着力量，寂寞地坚持，再坚持，然后蜕变，成为一只在枝头高高鸣唱的蝉。

我们明白了，点滴的零碎时间真的能铸就不凡。就像毛主席在湖南第一师范求学时的座右铭说的那样："百丈之台，其始则石，由是而二石焉，由是而三石焉，四石以至千万石焉，学习亦然。今日记一事，明日悟一理，积久而成学。"

而我们呢，当说到"读书"时，就会从嘴里冒出一个字："忙！"

就算日理万机如温家宝总理，也是每天无论多忙，睡觉前一定看书一个小时。

试问，你真的比国家总理还忙吗？

温总理曾说："也许有人会说没有时间读书，但是一个人一天总可以抽出半个小时读三四页书，一个月就可以读上百页，一年就可以读几部书。我希望看到人们在坐地铁的时候能够手里拿上一本书静静阅读。"

让我们静下心来，看看两个字吧。

一个是"忙"——"心亡为忙"。

忙得失去了自我，忙得失去了生活的乐趣，忙得只剩下机械的行尸走

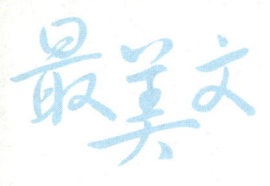

肉。哀莫大于心死，心都死了，这样的"心亡"，这样的"忙"，是多么的悲哀。

一个是"盲"——"目亡为盲"。

问问自己，你有多久没有在夜晚抬头看看天上的星星与圆月了？你有多久没有停下来看看一朵小花上晶莹的露珠了？你有多久没有看看亲人爱人或朋友脸上的笑意了？

如果扪心自问后有了悚然而惊的感觉，那么从现在起，抽几分钟时间，捧读一本好书吧。

当珠玉般润泽的颗颗汉字，将智慧与知识的芬芳慢慢浸入你的心时，你会发现，自己忽然变得呼吸均匀。而你那颗长久缺氧几近窒息的心，也开始渐渐舒展。

你会发现，凡世的明亮与幸福，就如清亮的溪涧，在你心里，汩汩流过。

(原载《语文报》2013年第18期)

> 我们似乎变得越来越浮躁，越来越功利了，甚至是，谁一天拿本书看都是可耻的行为了。我们不应该这样怀有目的的，不是吗？

第二辑

用文字装点人生的绚丽

这个世界带给我们的一定会是一次酣畅的心灵之旅。而王韵女士因生活琐事搁笔多年后仍毅然拿起笔写出这诸多绚丽的文字，装点了其缤纷的生活，我们当以其为榜样，让文字的美妙光芒也洒满我们的周身。

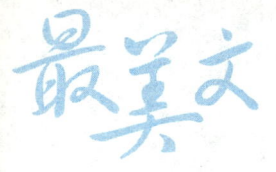

闲读书与读闲书

文 / 守望苍天

　　生活里没有书籍，就好像人间没有阳光；智慧里没有书籍，就好像鸟儿没有翅膀。

——莎士比亚

　　我平时最大的嗜好就是读书了。我曾和朋友戏言，"饭可一日不吃，书不可一日不读。"我是读书成了瘾，不亦乐乎。若问我读书有什么诀窍，一言以蔽之，那就是闲读书与读闲书。

　　闲读书是指平时闲着没事儿或是忙里偷闲，只要一有可利用的空闲就绝不放过，挤时间读书。有些人总抱怨说没时间读书，把忙字挂在嘴边，也不知道整天忙什么。其实，只要肯读书，时间就像海绵里的水，想挤总是会有的。

　　譬如说，在繁忙紧张的工作中，总会有一些间歇时间，这时大伙儿坐下来休息，或是喝茶，或是吸烟，或是聊天。我则坐在一旁，把要读的书拿出来，闹中取静，专心看书，不被外界干扰，心如止水。虽然每次间歇时间很短，但是在有限的时间里会有看一页得一页的收获，日积月累，很多书就这样被我读完了。

　　下了班回到家，吃过晚饭，没啥事儿了，家里人或是看电视，或是做家务。我则利用休息时间抓紧读书，或坐或卧，也甭管什么正确姿势，只要随意就好。读书读得实在累了，就索性躺在床上，枕着书美美地睡上一觉，感觉妙不可言。久而久之，读书成了我缓解工作压力和疲惫的一种生活习惯。

有时出远门，我也不忘随身带上一本书，在候车室里找个座位，一边看书，一边等车，直到列车进站。上了车，我会继续看书，一路上有书为伴，旅途不再寂寞。

所以，不要轻视这些琐碎的微不足道的空闲时间，让它白白地浪费掉。如果把它们一分一秒地充分利用起来，足够让一个人读好多好多的书，甚至帮他完成某种学业。我就是这样闲读书的，并且受益匪浅。

那么，读闲书又是怎么一回事儿呢？就是鲁迅先生说的，"看看本份以外的书……即使和本业毫不相干的，也要浏览。譬如学理科的，偏看看文学书，学文学的，偏看看科学书，看看别个在那里研究的，究竟是怎么一回事。这样子，对于别人、别事，可以有更深的了解。"

那么，读闲书有什么好处呢？它能使自己博学广才，就像蜜蜂那样，只有采得百花才能酿出好蜜。如果只专一门，不及其余，就像小孩搭积木，到了一定的层次，就再也上不去了。

鲁迅先生就擅于读闲书，经常随便翻翻，无论是诗稿、史书、小说，还是佛学、金石学等他都翻过，所以才开阔了视野，丰富了知识，给他的一生著述带来了巨大的好处。

读闲书与读本门专业的书最大区别在于，前者可以根据自己的性情和兴趣有选择地读，所以不觉得枯燥乏味，在阅读中获得快感。而后者因为往往是为了应试，求取文凭，所以不论你喜欢与否，都是必须要读的，这样的读书就比较机械、生硬，毫无乐趣可言。

我是喜欢读闲书的。我学的是《行政管理》专业，除此之外，我读《易经》《孙子兵法》，也读哲学、历史、经济学、逻辑学、美学等，但我更喜欢读文学，如《毛泽东诗词》《鲁迅全集》等，尤其喜爱中国古典文

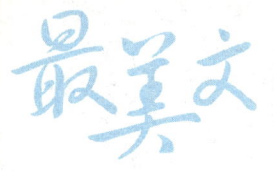

学，如《菜根谭》《世说新语》《吕氏春秋》《四书》、四大名著、唐诗、宋词等，当然，我还涉猎一些外国文学名著，像《简爱》《巴黎圣母院》《茶花女》《时间简史》等等。

通过读闲书，我觉得自己变得聪明了，"书生不出门，便知天下事"，我好像变了一个人，不再孤陋寡闻了。读闲书对我的写作很有帮助，正如古人说的"读书破万卷，下笔如有神。"多年来，我发表了大量作品，还出版了一本散文集。总之，我之所以有今天的成绩，得益于闲读书与读闲书。

（原载《语文周报》2014年第8期）

腹有诗书气自华，读书就像跟一位智慧的老者亲切交谈。

迎着书卷的朝阳走路

文 / 纳兰泽芸

生活在我们这个世界里，不读书就完全不可能了解人。

——高尔基

朋友笑我"书痴"，我一笑置之。

我爱读书，这已成为我的业余习惯。虽然刚在上海那几年，实在是两手空空，不得已要奋力工作来改变现状，读书与写字于我是一种奢侈。待一切基本安定之后，回望，我痛惜流逝的光阴，好在，还年轻，书仍可以读，字仍可以写。

有同事跟我说，不知怎么回事，一拿到一本书就哈欠连天，我笑笑说，因为你没有这习惯。

读书，某种意义上来说，是养心。我很少有感到非常无聊的时候，哪怕漫长的出差途中，因为我的手里有一本书，我的手、心都不空，又何来无聊？

罗曼·罗兰说，读书，就像迎着朝阳走路。我真的有这样的感觉。

记得以前读钱钟书，说钱家人笑钟书"书痴"，并说"痴人有痴福"——钟书爱读书，只要有书读，他别无营求，好像享受富人"命中的禄食"一样丰足。

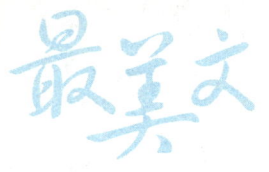

当然，自己不能与这位伟大的钟书先生相提并论，只是一种意义上的相似而已。

钟书先生有一段时期将书房命名为"容安馆"，这个所谓的"容安馆"书房，是在小客厅里拦了一扇屏风隔出的一角，窄小只能容身。他做到了真正的"容膝易安"。

谁能想象，在这样一扇屏风拦出的一角里，他写出了《管锥编》《谈艺录》等令人惊叹的伟作。所以说，思想，是能够穿越时空而存在的。

钟书曾说："弈棋转烛事多端，饮水差知等暖寒；如膜妄心应褪净，夜来无梦过邯郸。"大意是说，世事无常，个人心中喜忧，如鱼饮水，冷暖自知。心境平和恬淡一点，将营苟之心褪却一些，便可以活得坦然一些。

记得周有光先生有一则《新陋室铭》。说起周有光这个名字，可能许多人比较陌生，但是如果要说到中国的《汉语拼音方案》，只要读过书的人就都会知道，周有光就是《汉语拼音方案》的主持者和主要拟定者。

有了这个方案，汉字才能被一个个注上拼音，然后才能扫盲、才能推广普通话、才能进行电脑输入等等，周有光为汉语的科学化、国际化、信息化做出了不可磨灭的贡献。

50多年前，周有光的居室条件简陋至极，书房、客室、吃饭间都在一间小小的屋里，书没地方放，只好放在菜橱里。他曾戏称：卧室就是厨室，饮食方便。书橱兼作菜橱，菜有书香。

在艰苦的环境里，这篇《新陋室铭》诞生了，读来令人莞尔的同时，也不得不感佩他的超然心胸：

"山不在高，只要有葱郁的树林；水不在深，只要有洄游的鱼群；

斯是陋室，只要我唯物主义地快乐自寻。

房间阴暗，更显得窗子明亮；书桌不平，要怪我伏案太勤。

门槛破烂，偏多不速之客；地板跳舞，欢迎老友来临。

卧室就是厨室，饮食方便；书橱兼作菜橱，菜有书香。

仰望云天，宇宙是我的屋顶；遨游郊外，田野是我的花房。"

周先生说，"嚼得菜根香，百事可做。"他生于1906年，如今已是110岁高龄，110岁的周先生，淡泊心胸，乐观豁达，他说，大智若愚，大道至简。

生活，本身其实是简单的，但绝大多数的人们制造出了太多的复杂。其实，你简单了，生活也就随之简单。德国哲学家西美尔说，货币只是一条通往最终价值的桥梁，而人，是永远无法栖居在桥上的。

人，最终能够安然栖居的，是自己的心灵。

当然，不是说物质不重要，某种程度上，物质相当相当的重要。

在这个物质远胜于精神的年代，追求物质，已成了人们众所趋之的目标。但是，能否在追求物质的过程中，在稍稍停下的间隙里，读一本好书，观照一下自己的内心，让狂躁的物欲之心能够被思想的净水洗濯，得一丝清凉之气？

（原载《考试报》2014年第5期）

读一本好书，就像是和一位智者切磋。健康成就生命的长度，书却成就了一个人的宽度。

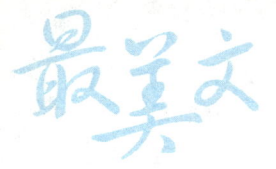

我等的不是一个人，而是万千时光

文 / 雪炘

真实比虚构更陌生。

——马克·吐温

看完《归来》，我脑海里不断闪现一个词和一个命题：

纯粹。

现代男女关系正普遍处于畸形状态。

在文化大革命期间，他被定罪为"老右派"，从而四处逃窜。女儿因为革命立场，说自己跟他没关系。甚至在他想见妻子一面的时候，通知组织，带人到火车站抓他。

女儿不许母亲去见他，因为如果被发现，她的前途就完了。可是作为妻子，她怎么能割舍，怎么能不牵挂？

于是，她连夜做了馒头，带了被褥，赶早上第一班车，去火车站跟丈夫相会。穿越人群，站在火车站的天桥上，她搜索着他的身影。他用雨水洗一把脸，在站台的台阶下久等不见，便钻出来，站在阳光下不断地大喊她的名字——冯婉瑜。

一声声歇斯底里的呐喊，仿佛是沉积在岁月与隐藏之间，对感情做一次最彻底、最勇敢的迸发。或许他已经想明白，与其这样担心躲闪着，不如痛快地拥抱一次，即使就此诀别。

人潮涌动,她终于看到他挥舞的双手。只是,随之而来的,是组织的追赶与逮捕。

她扯开嗓子喊他的名字,让他快跑。

只见他奋力向她的位置跑来,镜头抖动得如此真实,惊心动魄、扣人心弦。

最终,在咫尺之间,他们都被扣押。她挣扎着,包里的馒头在他们之间散开,仿佛在渲染着这千山万水的距离。

你见过人在极端情况下,表现出的那种情绪上的张力吗?就是在那一刻,你身体里所有的能量都是为了这件事,那是人性中极为少见,却又是最朴实的状态。

两个人活生生被她甩开,她用尽一切力量向他冲去。那一刻的动人,不是行为上的,而是人性里的。

没走两步,她又被更多人抓住,只能把他的名字从声带最底部抛出。两个人呼吸相撞,呼喊,挣扎,却始终无法触及彼此指尖的温度。

他被粗暴地押上车,她陷入了更疯狂的挣扎,最终被推倒在地,鲜血掩盖了她所有的表情。

十年生死两茫茫,不思量,自难忘。

他终于被平反,他回来了,而她从那次起,就患上了失忆症。她只记得陆焉识,她知道那是她的丈夫,她在等他。

他站在她面前,泪流满面,她却不认识。她不许他进屋,他只好暂住在她对面的杂货屋,与她隔路相望。

听医生的建议,他做了许多努力,想让她记起他的样子。可是,她只记得陆焉识,他写信说他5号回来。每个5号清晨,她都早起坐在镜子前,细细收拾自己。无论什么样的天气,她都举着牌子,站在出站口等人潮拥挤,然后渐渐消退。

直到多年以后,两个人头发花白,她已经无法行走,他骑车带她来继

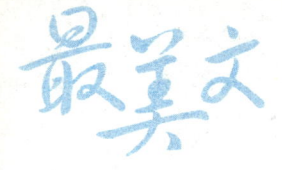

续等。

其实他也挣扎过,他不想让她把自己一直当做念信的,所以不去见她。但女儿提醒他,你不就是想陪在她身边,照顾她吗?

我不想把一切都归功于感情,那么多年不在一起,有多少感情都会消沉在时光里。我只想说,那是人性上的纯粹,是对世界不夹杂任何衡量的理解与原谅。或许在那个物质与精神都匮乏的时代,他们没有更多更好的选择,反而能把人性的美好演绎到极致。

当女儿跟他坦言,当年是自己告的密时,他也表现出出乎她意料的理解和原谅。

理解和原谅,是一个人对人性的认识和接纳。了解人性越深,理解和原谅越深,反之亦然。

而纯粹,是建立在以上基础上,对自我的了解和把控。了解自己越深,面对再多的选择,都不会丢掉最初的本真,也就越纯粹。

异地恋的问题就在于,你对对方了解有多深,对自我的认识就有多准确。而它的结果,恰恰取决于,两个人之间的情感有多纯粹。

每天网页新闻的头条,有太多是关于年轻人的爱情,和各种奇怪的行为和命题。

有个标题是说,姑娘想测试男友的真心,就化妆成80岁的老太太,结果把对方吓跑了。

什么是爱情?爱情就是对对方某部分的欣赏,然后在相处的过程中,产生的一种情愫和习惯。他爱你,肯定是建立在特有条件上的,从肉体到灵魂,不可能把两者分开。它们的关系就如同,你不能只有肉体,也不能只有灵魂而存在一样。

你想测试他,证明你不了解他,你没肯定他。既然不信任,那为什么选择在一起?说明你不了解自己,不知道自己要什么,才会做出自己都无法肯定的选择。

这就是时代带给我们的不纯粹。

现代的男女关系表现出的畸形,大都是因为这种不纯粹。女生希望他很爷们,同时又想摆布,让他百依百顺;男生希望她温顺,又想她能够独当一面,独立自主,给自己更多空间。

最初的东西都是一样的,只是我们加了太多条件,它就在对立中变得畸形起来。我们都太爱想象,完全忽略了爱情本身,最后忘记了爱情的意义和原因。

我越来越喜欢有历史感的事物,因为它有最初的纯粹,因为能在岁月里体会一种叫厚重的东西,因为可以在故事与人性中明白生命的逻辑。其实电影里刻画的等待,不是针对一个人,而是在万千寂静的时光中,展现出最简单朴素的纯粹。

(原载《语文报》2015年第33期)

在那个年代,什么都是纯粹的:纯粹的友谊,纯粹的爱情,纯粹的朋友,纯粹的艺术……可是后来,我们拥有的这些都被岁月偷走了!

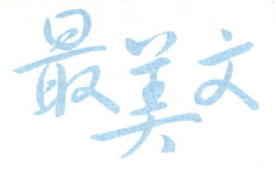

网络时代的1分钟

文／何国威

浪费时间是一桩大罪过。

——卢梭

传说天上一日，地上一年。那么在网络时代的1分钟里，人们能做什么呢？

据英特尔公司的调查结果显示：1分钟之内，全球互联网会发出两亿四百万封电子邮件，连起来可轻松绕地球两圈；全球会下载4.7万个APP（应用程序）；亚马逊会卖出8.3万美元的物品；Youtube的视频被查看130万次；全球范围会传送64000GB的数据。

该公司还预计，到2015年，互联网设备的数量将是世界人口的2倍。也就是说，假若到了2015年，你的浏览工具还是一双手和两只眼睛的话，那么全球IP网络上1秒钟产生的流量视频，你需要不眠不休地连看5年才能看完。

在中国，越来越多的人使用互联网。在网络时代的1分钟里，QQ空间百度一下：可上传约13.9万张照片；支付宝上可进行73472笔交易；有22.7万条新浪微博被推出；有4200个汉字被发布在盛大文学上，同时有1000元人民币进账。

360手机卫士可拦截13.5万条垃圾短信，拒绝6.7万个骚扰电话。再比如，据天猫公开的数据显示，在天猫"双十一"大促销伊始的1分钟里，有1000万用户涌进天猫。1000万是什么概念啊？就拿一个拥有64万人口的城市来说，在这1分钟内，有15个这样城市的人涌进了天猫，其场面是何等的壮观，你可以想象一下。

在网络上，1分钟同样可以创造奇迹。正常情况下，普通人每分钟可以输入60—120个字不等。但前段时间，兰州军区的一名同志在错一罚五的严厉规则下，10分钟录入了摘自当天5大报纸的3000个字，也就是说他平均每分钟录入了293个字。

其实，1分钟可以做的事儿N多，如可以按很多次ctrl+c和ctrl+v，复制好一份作业；玩diabloll，1分钟最快可以升三级；玩切水果的游戏，1分钟能切四百多个；你可以用20秒的时间输完QQ账号和密码，然后用10秒钟的时间找到好友列表中的某个人，再用剩下的时间胡诌两句，没准今天的晚饭就有着落了。

古人云："一寸光阴一寸金，寸金难买寸光阴。"而到了网络时代，我们可能会说"一寸光阴无数金，多金难买一分钟"了。

（原载《知识窗》2013年第8期）

一分钟可以做很多事，一天可以完成好多事。人生就是在这样一分一分的时间里流逝的。

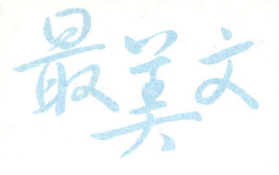

腾点时间看地图

文/林玉椿

做事没计划，盲人骑害马。

——佚名

刘强是一家大企业老总的司机。由于老总时间观念非常强，刘强平时对自己的要求也很严格，接送老总都非常准时，不敢出任何差错。

这天，老总要到外地洽谈一个合作项目。刘强开了大半天的车，将老总送到了目的地。

老总上楼前，看了一下手表，对刘强说："我上去与合作方洽谈，会议时间两个小时左右。现在是下午两点二十分，你四点二十分前要在楼下等我。"

刘强满口答应。等老总上楼后，刘强心想：这座城市我是第一次来，反正有两个小时时间，我开车到处转转吧，不然闷得慌。

这样想着，刘强便开着车往市中心驶去。漫无目的地逛了一会，刘强感觉非常疲倦，想眯几分钟眼，再把车往回开。于是他把车停到路边，关上车窗，打开空调，把座椅调低，闭上了双眼。

不知不觉，刘强就睡着了。当他醒来，一看时间顿时吓了一跳——还有二十多分钟老总就要散会了！

刘强急忙调好座椅，把车往回开。他只想快点赶回去，因此能踩多大油门，他就尽量踩多大油门。可是这时他发现找不到回去的路了，急得汗流浃背，结果越急越想不起路，只能像个无头苍蝇一样到处乱窜。

当他好不容易赶回会议地点，已经是下午四点四十分。老总和送行的合作方已在楼下整整等了他二十分钟！

老总上车后，黑着脸把他狠狠地训了一顿，刘强一声也不敢吭。老总对他说："你到底怎么回事？为什么这么久才赶过来？"

刘强吞吞吐吐地回答："我……我迷路了。"

老总皱着眉头说："我不是让你买了一张这座城市的地图吗？为什么不看地图？"

刘强叹气说："当时我一看只有二十多分钟时间了，哪里还顾得上看地图？地图在我的旅行包里，旅行包又放在车后厢。我老想着时间不够，只顾着踩油门往前冲，结果绕来绕去，就是找不到回去的路……"

老总沉默了片刻，语重心长地说："你呀，越是时间紧急，就越应该先看地图，弄清楚方向，心里有数，才会找到最快的路。你舍不得花那一点时间看地图，反而会浪费更多时间！"

下车后，刘强一查地图，发现自己原来所在的位置离会议地点其实只有五分钟的路程，顿时懊悔不已。

一个人如果一心只想着快点获得成功，却弄不清楚自己人生的方向，对自己的人生没有任何规划，那么即使再怎么努力，也无法到达成功的彼岸；或者虽然最后获得了成功，但往往也是走了很多冤枉路，白白浪费了人生中许多的大好时光。

（原载《语文报》2014年第9期）

凡事预则立，不预则废。在一件事情之前，做必要的准备和充分的计划，往往会起到事半功倍的效果。

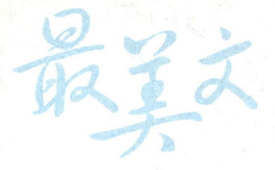

知识即是道

文 / 振宇

知识的确是天空中伟大的太阳,它用万道光芒投下了生命,投下了力量。

——丹·伯斯特

"道"者,路也,后引申为道理,即事物的规律,正如道路一样为人所共同遵循。

我们读书学知识,就是为了明白道理,洞察客观世界的规律。诚如古人说的,"读书以明理为先",从这个意义上讲,知识即是道。大到宇宙,小到人生,能明了者,就是觉悟之人,谓之得道。

人生在世,如白驹过隙,是非常短暂的,与其稀里糊涂地白活一辈子,不如做一个明白人,人生的意义不过如此。因此,古代许许多多的圣贤智者才会孜孜不倦地"究天人之际,通古今之变",乐而不疲地追求知识,觉悟更多的道理。

知识即是道。老子在《道德经》中告诉我们,在对待"道"的态度上有三种人,即"上士闻道,勤而行之;中士闻道,若存若之;下士闻道,大笑之"。

现实生活中也是如此,觉悟高的人听了道,勤勉地遵行;资质一般的人听了道,将信将疑;浅薄无知的人听了道,不但不相信,反而还大声地嘲笑，说"学那知识有啥用？"他们甚至还把爱好读书的人当作"傻子"。

应该说，人各有志，不能强求，所谓"道不同，不相为谋"，我们不必为此而苦恼，也不要去反驳。或者把我们的思想强加给别人，更不能被世俗的言论改变我们追求知识的道路，究竟谁才是真正的"傻子"，还是让实践去回答吧。

在有些人眼里，知识或许无用。但是对智者来说，知识却是有用的。它与金钱无关，而关乎人生的意义，它会让我们懂得一些道理，告诉我们人应该怎样地活着。

孔子说："朝闻道，夕死可矣。"我们可以把这句话通俗地理解为，早晨听说了圣人讲的道理，即便是晚上死了也无遗憾！孔子这种执着追求知识的精神让人十分敬佩，值得我们学习。

知识即是道，而"道不远人"，让我们在知识的道路上去探求并觉悟人生的真谛吧！

（原载《语文报》2015 年第 18 期）

道，是本质，是规律，是法则，是真谛。书就是道的载体，它让我们懂了好多道理。

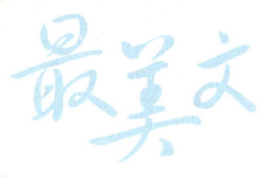

学而时习之

文/心若莲花

温故而知新，可以为师矣。

——《论语》

《论语·学而》中有一句话："学而时习之，不亦说乎！"这是孔子说的，意思是学后并且经常地去温习，不也很快乐吗？

然而，有的人不太理解孔子的这句话，认为反复学习同一样东西，甭提有多枯燥了，怎么还能有乐趣呢？

其实，这些人是没有完全理解孔子的本意。孔子传授弟子知识，不仅让他们学，还让他们在适当的时候温习或实践这些知识，就能"温故而知新"，从学过的知识中悟出新的见解来，这难道不值得高兴吗？

即使是反复地学习，也是很有必要的。因为我们不是天才，并非什么知识一学就会，过目不忘。既然承认这一事实，作为凡人的我们，就要遵循学习的客观规律，把"学"与"习"结合起来。既要反复地学，也要不断地习，只有学习加实践，才能将知识巩固和提高。

我们讲"学而时习之"，就应像小鸟学飞一样，小鸟生下来是不会飞的，待到羽毛丰满了，翅膀有力了，它才能够时常反复地练习试飞，最终飞上蓝天。我们学习也要经过这样的过程，对于所学的知识，非"时习之"不能启悟得法，所谓熟能生巧，乃是学习之道。

有时候，我们学的东西看似简单，但要真正学会它，并非是件易事。譬如画鸡蛋，达·芬奇小时候对此不以为然，认为鸡蛋很好画，他早就学会了，那天天还画这丑鸡蛋干嘛？

当达·芬奇不耐烦的时候，老师就对他说，别以为画蛋简单、很容易，要是这样想就错了，在一千枚蛋中从来没有两枚形状是完全相同的。即使是同一枚蛋，只要变换一个角度看它，形状便立即不同了。所以，如果在画纸上栩栩如生地把它表现出来，非要下一番苦功不可。打那以后，达·芬奇就时常练习画蛋，后来画出了《最后的晚餐》《蒙娜丽莎》等不朽的名作，在全世界享有盛誉。

当我们惊羡他人成就的时候，千万别忘记，他们也曾经历过"学而时习之"的艰辛过程，"台上一分钟，台下十年功"，倘若不勤学苦练，哪能赢得别人的喝彩呢？

若问学习有何秘诀？那么"学而时习之"应算作不是秘诀的"秘诀"。因为这个道理大家都知道，故不能成为秘诀，但是有的人认为在学习上总有捷径可走，非要问出个秘诀来，怎么办呢？我们不妨告诉他，学而时习之。他若相信并且身体力行，一定会有收获的，不仅可以弥补先天之不足，还能无师自悟书中之义，精进学业，品出学习的真味。

（原载《语文报》2014年第16期）

学习不是一蹴而就的，往往需要经历摔打和磨难才能达成。经常学而时习之，是不断加深和巩固的过程。如此，才记得牢固。

用文字装点人生的绚丽

文 / 袁恒雷

好的文字有着水晶般的光辉，仿佛来自星星。

——王小波

一

"走进寒同山，秋烟横吹，秋风流岚。满目金黄丹红，流光溢彩，万山红遍，层林尽染。蓝天白云，松翠枫红，似丹青之手随意泼墨渲开的一轴赤橙黄绿五彩斑斓的秋风画卷。"

我引用的这段写秋景的文字不是我的，是山东女作家王韵女士散文集《尘埃里的花》里的一串精彩佳句。我之所以先把这段拿出来，一来是提笔写这篇评论时候时令马上入秋，二来我觉得这几句很具有其文风代表性，句式长短结合，比喻形象生动，是其写景散文的典范。王韵这本散文集是其近年来在全国报刊发表散文的精选，内容丰富多彩，呈现了其多年来的各种生活情状。本书第一部分即是其旅行佳作，在这组作品里，作者主要描写了她生活的故土莱州的各种风物。跟随其笔，我们领略了莱州四季的各种景致，各种民俗，各种海天山色，的确是场身与心的清新之旅。

这类散文可以归为"地理散文"，此类散文古已有之，而且在散文世界里的成就蔚为大观。近些年来影响巨大的即是以余秋雨先生为代表的文化大散文——将个人的体验观察融汇于所旅游的山水风物中,结合文化历史进行独特的全新解读。而余秋雨这种散文可以说是学者散文,因为这种散文的写作对于作者的知识素养要求极高,而更多的散文写作者并不能达到这些高度,而且我们大多数写作者对于山水的观照也从没刻意地去进行文化性的整理,只求山水与自己有心灵共鸣就已经很不错了。王韵女士的这组旅游散文堪称如此,这些作品有其专门采风的,有特意采访的,有旅游偶得的,有文友笔会的,不一而足。其间我较为推崇的是《访蒲松龄故居》,这是王韵的心灵观摩与实地景物相契合的典范——既不是流水账的梳理,又写出了自己独特的感悟。而我相信,随着作者全国各地走访参会的增多,其笔下的景致也会更加繁复,而以后创作出来的旅游佳作也会呈现更多的层次与美感。

二

通读本书一大直观感受就是作者的情感是极为丰富的,这种情感的丰富性,体现在对于自然景致,体现在遇到的每一个人,体现在成长岁月里的每一刻。本书的第二部分主要书写的就是这些浓浓的情感,特别是亲情这个范畴。关乎亲情我们所有人都有自己的体悟,并且我们每个人的体悟是不可替代的。

王韵女士对于亲情的书写非常令人动容,在她这组散文里,讲述了对于故土家园的无限怀念与眷恋,对于母亲的依恋与愧疚,对于女儿的疼爱与呵护,对于兄弟姐妹的手足亲情的珍惜等等。很明显,作者极为热爱自己的家乡,少年时代的经历是清苦的,但是却充满了欢声笑语,那些成长岁月里的点点滴滴,作者时常梦见,时常怀念。母亲为这个家庭做出了巨大的贡献,但多年的辛劳令其积劳成疾,每每忆起,作者都感到锥心之痛,所谓子欲养而亲不待,因而作者笔下忆母的篇章很多,也格外动人。

逝去者唯有追忆,作者自然知道唯有珍惜眼前的人与事才是最重要

的，因而其将浓浓的母爱传递给了女儿，所以在《给女儿的一封信》《妈妈，大姑娘自立了》《每个孩子，都是父母的天使》里，我们可以看到作为母亲，对于孩子的无限关爱无限希望与无限疼惜的体现，可谓字字发自肺腑，句句满是叮咛。我们都是父母的孩子，我们也都是孩子的父母，在读到关乎亲情的美文佳作时，我们常常多有共鸣。这种共鸣是人性的相通，是情感的交融，王韵女士的育儿心经值得我们借鉴。这不一定关乎于她把女儿培养到了多么优秀的境地，而是如何爱，恰如她所说："而你的妈妈，在女儿成长的路上，始终陪伴在你的身边，始终关心着你的心理及情感需要。站在父母的立场，运用朋友的方式，理解着你关注着你。愿意用爱的眼神和你交流，用爱的演讲发现你的长处，用爱的语言启发你智慧的眼睛和思想的大脑。愿意尊重你成长过程中的困惑、失败和挫折，希望能让你体会到舐犊母爱的绻绻柔情，使你时刻感受到关爱，使你的人格和精神的成长丰满而健康。"我想，如果我们家长都能做到如此，那么我们的儿女也就自然会成为我们的骄傲，而我们也就会收获各种欣慰了。

三

在作者第三部分的散文里，只有五篇作品，虽然很少，但却各具分量，我首先想着重说说令我耳目一新的一篇，题为《李清照与王氏》——关于李清照的各种故事与作品自然不必细说，因为其可以说是中国古代第一才女，而这个王氏也来头不小——是奸相秦桧之妻。王韵女士这篇散文的新颖之处即在于她关注到了李清照与王氏可以说都是当时的著名女子，而且是亲戚，但却形同陌路，这篇散文即是挖掘出了其背后的故事。

其实想来也是简单的，赵明诚李清照夫妇的清廉高雅与秦桧夫妇的臭名昭彰，本来就是妇孺皆知的事，所以即便他们是亲戚，想来也不会有瓜葛，浊与清本来就不想混到一起。作者的这篇散文虽然并不是实地考察，但却很有文化散文的范儿——因为作者在行文过程中引述了大量的诗词古籍材料，诸如李清照的词，《金石录后序》等都适时出现，增强了文章的厚重性与可读性。而作者凭借扎实的史料为读者清晰地梳理了两位宋朝名女子的恩恩怨怨："李清照与王氏，同样出身名门，同样是大家闺秀，同样的美貌与才情。一对表姐妹，却因个性与追求的不同，选择了两条完全不同的人生之路。一个名垂千史……另一个却遗臭万年。"

作者在本文后面还作诗一首纪念李清照，我在这里和大家分享下：

"万红凋零穷尽心力乃见洋洋洒洒，文字流芳婉约清丽奔腾豪放，念洛神飞袂曲水流觞。然国破家亡，江湖庙堂艰险跋涉，只为了这千年一脉的进退。忧伤一份追忆、一代词人、一个国家的清平与灭亡，来而复往熙熙攘攘走过少时的欢畅，中年的漂泊，晚年的凄凉，绝世的孤独成就冰冷凝绝的美丽一位奇女子。悄声细语流传千古如，一朵摇曳的奇葩，成为中华文字史上不朽的绝唱华章！"

很明显，作者对李清照是极为推崇赞美的，并对其身世唏嘘不已。在本组散文里，其他几篇要么是写老同学和自己的故事，要么是写自己认识的人的生活故事，不一而足。其中较为有特色的是有点情感故事味道的《节日的问候》，讲述的是一位部队采办货物的军官和一名业务合作的女子的故事。情节饱满，引人联想，而结局温馨圆满，所以很期待作者能够在以后的著作中写出更多类似的故事，展现出人性的美好，令人感知社会的暖与爱。

四

在本书最后一部分"凝露心香"里，作者写作的题材是最为广泛的，可以说这组散文选材极为散，笔触庞杂，笔力深刻，令人惊叹于作者观察的细致与丰富，想象力的开阔与眼界的高远。这部分作品可以说篇章长短不一，少则几百字，长则几千字，但虽然长短不一，不代表水平参差不齐。

之所以说其选材广泛，是因为作者笔下呈现出了可谓是世间百态的各种状况，比如：四季，比如酒，比如风雨雷电，比如穿衣打扮，比如生

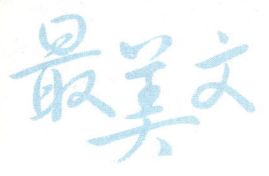

老病死，比如读书与时间。所以，对于这组散文我觉得特别适合初学散文写作与散文爱好者来读，作者的感慨不至于多么玄妙幽深，却又书写了自己的心灵个性。作者笔触涉及的风物是我们所有人都可观可感的，却又展现了这些风物在心灵映照后的投影。作者对生活的书写恰似我们的亲人邻居，却又具有极强的可借鉴性与可操作性。简而言之，这组散文是极为接地气的，风格又是变化多端的。通读这组散文，我们对作者本人，对生活本身，都将会充满无限热爱。甚至会想，写作也不是那么玄乎其神，作者已经做了很好的示范，关键是我们需要向她学习如何关心我们生活的这个世界，如何关心我们遇到的每个人与事，并将其记录下来，化作心灵氧吧一样的抚慰。等到了我们也书写完一篇篇自己满意的或不满意的作品时，你会觉得，我走过的路不管是否成功，至少我不会觉得白过。

上面的四段书写是我读完这本书后想到的，每次读书的过程是伴有各种情绪的，而每次写完心得感受，觉得就是对原作者对自己对读者们的统一汇报。每一本书都是一个世界，我们作为读者走进去可以领略到各自的体验，这体验有共性与个性，但只要走进，就是我们与这个世界的缘分。所以要感谢作者为我们呈现的这个世界，可以肯定的是，这个世界带给我们的一定会是一次酣畅的心灵之旅。而王韵女士因生活琐事搁笔多年后仍毅然拿起笔写出这诸多绚丽的文字，装点了其缤纷的生活，我们当以其为榜样，让文字的美妙光芒也洒满我们的周身。

（原载《语文周报》2015年第35期）

用文字点缀的世界，就像是漫步在花的海洋一般，处处充满了创意的惊喜。

告别静音学习

文 / 莲叶深深

  逆境给人宝贵的磨炼机会，只有经得起环境考验的人，才能算是真正的强者。自古以来的伟人，大多是抱着不屈不挠的精神，从逆境中挣扎奋斗过来的。

——松下幸之助

  晚上七点，楼下的音乐声骤然响起，那欢快的音乐透过薄薄的纱窗，简直就是如在耳边。刚刚吃完饭准备写作业的儿子立刻皱起了眉头，委屈地说："妈妈，这么吵，我写不下去作业了。"没办法，我只好关上窗户，打开空调。音乐声虽然小了，却顽强地透过缝隙传进来，依旧清晰可闻。

  我家楼下就是小区广场，买房子的时候觉得这地方视野宽阔才选择了这栋楼。谁知从去年开始，一群大妈们来到这里开始跳起广场舞来，除了最冷的冬天之外，几乎是风雨无阻。尽管我们把孩子的卧室搬到了北屋，关紧南面的门和窗户，可还是不能完全隔绝。

  从小到大，为了给孩子创造良好的学习环境，我是不辞辛苦，不遗余力。从孩子上学的那一天起，我几乎就没有看过电视，每天陪着他写作业读书。老公有时候忍不住要看新闻或者球赛，我都坚决不同意，为了免得他啰嗦抱怨，索性把他打发到婆家去看，我一个人跟孩子清清静静。后来孩子大了，我辅导不了他的功课了，也准备好水果陪在他身边读书。只要

孩子写作业学习，我连家务都很少做，为的是尽量不弄出声音。与老公说话更是轻声细语，连妈妈和婆婆有时候晚上要过来我都一概拒绝。所有的目的只有一个——让孩子在安静的环境中心无旁骛地专心学习。

可我管得了自己和家人，管不了周围旁人。

看着那些跳广场舞的大妈们，我真是厌烦透了。怎么就有那么大的瘾啊？怎么就不能顾及一下别人呢？为了这事，我去跟她们商量，说家里有孩子学习，希望能换个地方跳舞。可人家说没别的地方，根本不理我。没办法我又去找社区，可面对社区管理人员的劝说，那些大妈们依旧振振有词："广场是大家的广场，你们没有权力不让我们跳舞！""你们年轻人不能太自私，你们有很多丰富热闹的娱乐，我们什么都没有，就爱跳个广场舞怎么就不行呢？"还有一个大妈尖刻地说："连这点声响都能影响学习，这心理素质也太差了，就算学习好又有什么用！？"

把我气得眼泪差点流出来，最后在社区干部和其他人的劝说下，她们同意了把音乐声放小点。可是，我们家就在广场正对面的楼上，声音虽然小了却依旧能清晰传过来，还是让人心烦意乱。每到这个时候，孩子就烦躁不安，根本没法集中心思学习，只能等她们跳完舞再学习。儿子已经读了初二，正是最关键的时候，这不是耽误孩子的一生吗？我没办法，动了换房子的心，开始催促老公去寻找安静的小区。

可在市内各处转了几圈，我们意外地发现这广场舞如今是如火如荼，除了几个高档园区，几乎哪个小区都有。高档园区的房子实在太贵，根本就买不起。想来想去，最后我咬牙对老公说：高档小区咱买不起，干脆就去那儿租个房子吧。为了孩子，花多少钱都值得！

老公看着我半天没说话，良久才说，我觉得不是环境的问题吧？是你从小对孩子保护太过了，所以他一点声音都受不了。我小时候家里六七口人住在三间屋中，看电视的看电视，说话的说话，也没影响我学习啊！我不是照样考上大学了吗？老公转脸对儿子说，你玩游戏的时候能听到周围的声音吗？你看漫画书、侦探小说的时候能听到周围的声音吗？就是听到也对你没有丝毫影响是吧？能影响到你，说明你根本没投入进去，或者说明还不够优秀不够自信，所以才会把自己内心的纷乱归咎于环境的影响。如果你足够优秀足够自信，任何周围的喧闹都无法干扰到你。

听了老公的话，我和儿子愣愣无语，好像他说的有点道理，可难道创造安静的学习环境有错吗？

老公说，这样，我们不妨先试试，不再刻意回避，让孩子慢慢适应环境。如果还不行，我们再考虑搬家的事。

反正一时也搬不了家，只好死马当作活马医吧。

从第二天开始，孩子写作业时，老公不再出去，也不让我把他的卧室门关上。虽然没有看电视，但走路说话做家务都不再刻意噤声，该干什么干什么。刚开始儿子不太适应，总也集中不了精力，一会儿跑出来看看我在干什么，一会儿又来听我们说话。可说来也怪，家里有声音了，楼下的音乐声反而不是那么清晰刺耳了，甚至有时干脆充耳不闻了。

半个月过后，儿子适应了家里的各种声音，我们做我们的事，他写他的作业，并且写的速度还快了。从前一写写到半夜，我和孩子每天都困得不行，现在居然九十点钟就写完了。我很奇怪，问他，是最近作业减少了还是你效率提高了？儿子说，都不是！是因为有一半作业我在学校自习课、课间都抓紧时间写完了。我不解，难道你以前在学校自习课从来不写吗？他说，自习课太乱，我以前根本写不下去，现在适应了你们的说话，课堂上多么吵闹，只要我想学习，对我都丝毫没有影响了！

真的啊？我又惊又喜。老公说，我说的对吧？不能让环境适应你，你得学会适应环境，才能无往不胜。

再后来，孩子学习时，我们更随意了，做家务、聊天、上网，甚至有了好看的电视节目我们也照看不误。不再谨小慎微，不再耳提面命，有了时间做自己喜欢的事情，我再也不觉得做一个初中生的妈妈有多辛苦了。

儿子呢，因为再未刻意给他创造所谓良好的学习环境，他反而学得轻松了，心灵也越加坚韧起来。偶尔学习遇到问题或者做不好某事，他再不会像从前那般找出各种借口和客观原因推卸自己的责任，而开始检讨自己的不足了。初中毕业，他轻松考上了省重点高中。

想起读过的教育故事，有条件的孟母三迁为孩子创造最好的学习环境，没有条件的王充辗转于"书铺借读"也一样能够成就大学问。我们生活在寻常百姓之家，能做的最多的不过是在自己家中严防死守，却没有能力让所有的环境在所有的时间都为我们的孩子绕路。家人的过度保护还容易让孩子形成唯我独尊的习惯，稍有不如意，便忍不住怨天尤人。也会给孩子学习带来无形的压力，让家长自己觉得为孩子付出很多得到的回报却很少，患得患失之心更重。

告别过度的保护，让孩子从小学会适应各种环境，锻炼出更坚韧的心灵和意志，不仅不怕任何干扰，更无惧未来生命中我们无法预知的种种考验。

（原载《女子世界》2014年第11期）

成长是不断打磨的过程，一帆风顺固然是好，可是遇到风浪，难免会惊慌失措，不知应对。多经历生活中杂乱的事，这样才能在未来独立存活。

第三辑

知识是奋飞的翅膀

　　一个人,即便骨骼健全,倘若精神上有缺陷,他也不是一个健康的人。这个道理对一个民族亦是如此,而读书恰能弥补这方面的不足。很难想象,一个不爱读书的民族如何能拥有智慧、文明和伟大。因此,应有这样一份豁达,把读书当做生活习惯,超越浮躁,获得真知,完满人生。

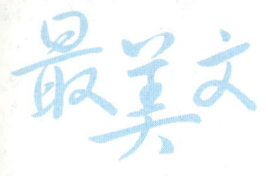

最深的伤害永远是：语言

文 / 郭龙

恶言不出口，苟语不留耳。

——邓析子

在一个村子里有一个年轻人，这个年轻人极其优秀，可是他有一个致命的缺点：经常对别人出言不逊。他的父母和朋友总是劝他，他总是说："这有什么大不了的，不就是几句话么，有什么值得大惊小怪的？"然后依然我行我素。

一次村子里来了一位僧人，年轻人对僧人说了一句很不尊敬的话，别人批评这个年轻人，年轻人振振有词地说道："不就是几句话么，我向他道歉不就可以了吗？"僧人听了微笑着对年轻人说："我给你讲个故事吧！"好多人包括这个年轻人都围在了这个僧人的旁边，准备听僧人讲故事。僧人顿了一下开始讲故事：

有一个人养着一只从小就从深山里捡回来的狗熊，他一直养着这个狗熊，可是有一天这个狗熊把邻居家的一片玉米糟蹋了，邻居找上门来让他赔钱。他很生气，拿起棍子对着狗熊就是乱打，而且边打边骂："畜生始终就是畜生，我白养你了。"打完后，他把狗熊赶出了家门。

第二天的时候，他又后悔了，可是狗熊已经走进了后山。

他很后悔，可是再也找不到狗熊了。在一次上山打猎的时候，他碰到了一只老虎，手无寸铁的他闭上了眼睛。突然他听到了搏斗的声音，他睁开眼睛一看，原来是那只狗熊回来了。狗熊把老虎赶跑了，他高兴地上去爱抚着狗熊说道："太好了，上次我打了你还疼吗？你跟我回去吧！"

狗熊说："早就不疼了，可是你说过的那些话却还在让我疼，而且很疼很疼。"狗熊说完头也不回就又回到了后山中。

僧人的故事讲完了，大家都在感叹说过的话竟然会有这样大的伤害，惟独这个年轻人却是一副不屑的样子，僧人又从口袋里取出了几颗钉子对年轻说："你去把这几颗钉子钉在树上。"年轻人按僧人的话去做，把钉子钉在了树上。

年轻人刚回去，僧人又说道："你去把钉子取下来。"年轻人没有说什么，又回到了树下准备把钉子取下来。可是年轻人费了半天的劲，用各种工具折腾了半天才取下了一颗钉子。

僧人来到了年轻人身边，用手指着那个钉子留下的痕迹说："就是拔出来，那又能怎么样呢？树干上不是还留下了深深的伤痕吗？就像那个故事里的狗熊一样，虽然棍子留下的疼早已消失了，可是那个人说过的话对它的伤害却是终生难忘的。"

僧人又看了一眼年轻人，接着说："对别人有所伤害的话，就像钉子一样，尽管你能取回来，可是你留给别人的伤害就像钉子留在树上的疤痕一样是永远消除不了的。"

年轻人听了，顿然大悟，他说："我现在终于明白出言不逊对别人会是多么深的一种伤害了，谢谢大师的指教。"僧人听了点头称是，然后飘然而去。

世界上对别人最深的伤害永远是语言，当我们对别人出言不逊的

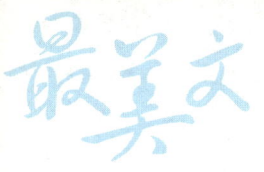

时候，也就是把钉子钉进了别人的心中，而且这样的伤害是永远无法弥补的。

千万不李出口伤人，因为语言对别人造成的伤害永远无法弥补。

（原载《语文周报》2013年第6期）

人与人的关系一般都是以善报善，以恶报恶，言谈也是如此。你若以恶语伤人，他人也会以恶语相加；你若不以恶语相向，他人也不会以恶语相对，也就不至于恶语污身。这是一个人际关系问题，也是一个道德修养问题。

差生也能造原子弹

文/〔美〕约翰·菲利普斯 庞启帆编译

我有幸成为了普林斯顿大学的学生，不幸的是，第一个学期结束，我的成绩惨不忍睹，几乎所有的学科都是 D 和 F。教务长决定把我降级为试读生，并宣布，如果第二个学期我再有一门功课不及格，我就得卷铺盖走人。

第二个学期一开始，我就强迫自己对所选修的学科产生兴趣。其中，我选修的一个学科叫做"核武器战略及军备控制"，每周三个学时。一个周一的早上，著名物理学家弗里曼·迪森在课堂上跟大家讨论原子弹的问题："原子弹的威力大家都知道，这在日本的广岛和长崎也已经得到证明。你们说原子弹的威力这么大，那么制造一枚原子弹到底需要多少原料呢？"

全班没有一个人回答。

迪森教授一笑，继续说："各位都知道，制造原子弹的重要原料是钚，而要制造一枚低级的原子弹仅需 15 磅的钚。如果增殖反应堆被广泛应用，那么每年运送到美国的钚可以制造出几千枚原子弹。但这些钚很有可能被盗走或在运输途中被劫走。"

很多同学马上说，这样的话，恐怖分子岂不可以自制原子弹？

"不可能！"一个同学反驳道，"恐怖分子没有制造原子弹的技术，再说，他们也无法得到资料。"

不可能？还是有可能？这个问题开始在我的脑中挥之不去。我查阅了参考书，结果发现：一位著名的核物理学家说，恐怖组织可以轻易地从核反应堆盗取钚或铀，然后运用已经公开的资料设计出可以引爆的原子弹。而且除了钚之外，别的所有材料都可以合法地从五金商店或者化工公司买到。

突然，一个念头在我的脑中蹦了出来：像我这样连中等水平也算不上的物理系的学生能够设计出一枚理论上可以引爆的原子弹吗？如果成功的话，我相信教务长肯定不会让我退学了。我决定去请求弗里曼·迪森教授做我的导师。

"我可以给你指导，但是你要明白，我参与的是政府的机密工作，任何绝密资料我都不能说给你听，我能给你提供的资料只能是在学校的图书馆查到的。还有，由于涉及政府的机密，所有凡是有关原子弹的设计的问题，我既不能回答'是'，也不能回答'不是'。"迪森教授这样对我说。

"是的，先生，我明白。"我答道。

几天后，迪森教授交给我一张书单。我兴奋极了，但一瞧上面所列的书目，马上感到失望。他列的都是一些普通核物理和当代原子理论方面的书籍，这些都是一般原理的教科书嘛！我原本还指望他能给我多一点指导呢！

随后，迪森教授也只向我解释核物理的普通原理。如果我问及具体的设计或者数据时，他就会扫一眼我的图纸，然后把话题岔开。刚开始时，我以为他这样做是默认我做对了。为了确认这一点，我给了他一个错误的数据。结果，他看过后，又岔开话题。

一个月后，我去了趟华盛顿特区，我听说那里有一份已经解密的核工程文献。果真，我找到了那份详细描述20世纪40年代初期最前沿的科学家都知道的原子裂变的细节的文献。

当我把那份文献放到迪森教授面前时，他的表现很震惊。这让我确信，我肯定可以拿出一个有价值的方案来。

要引爆一枚原子弹需要很多精确的配置材料，这些材料多数是如何引爆反应堆保护层外围的炸药。这些不同的炸药的排列则是制造原子弹的最高机密，而这也是我需要攻克的最大的难题。

接下来的三个星期，我什么课都不上了。我不分昼夜地干着。我从一个恐怖分子的角度去思考每一个问题：这枚原子弹的造价不能太昂贵，设计要简便，而且体积要小，小到能装进汽车的后备箱。

我的设计实质上是在拼凑一个复杂的七巧板游戏，我每天都在浏览文件，寻找尚未解密的知识领域。一旦解决了那个板块，我就马上拼凑上去。

离第二个学期结束还有三周，这个"七巧板"还差两块没拼好。一是要使用哪些炸药，二是这些炸药应该如何围绕钚排列。又一周过去了，这两个问题没有取得丝毫进展，我不得不重新审查我的整个设计过程，哦，上帝，原来有几个数据被我计算错了。

还有10天时间，我又审查了一番整个设计过程。如果我的化学方程式正确，我的这枚原子弹的威力不会比投放广岛与长崎的那两枚差。但是，我必须了解要使用的炸药的性能。

学期结束倒计时的第9天上午，我打电话给杜邦公司（美国大型化学公司），找到了化学炸药部经理格拉夫斯。

"您好，格拉夫斯先生，我是普林斯顿大学物理系的一名学生。我正在研究在一个球形的金属体内放置某种极高密度的炸药的排列问题，您能给我建议一种符合这一要求的杜邦公司的产品吗？"我开门见山地说。

"当然可以。"他愉快地说道，"就您说的这种情况，我们公司的产品完全可以解决这样的密度问题。"

我顺利得到了急需的信息。

学期结束倒计时的第8天下午，我拿着写好的论文直奔物理系大楼，

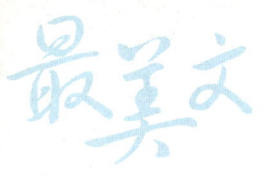

闯入系主任的办公室。系主任停下手中的工作,像看怪物一样地看着我,我已经一个月没有刮脸了。

"我想给您看一篇论文。"我说。

学期结束倒计时的第5天上午,我再次来到物理系主任办公室。系主任却不在,我的论文也不见了。

"你是设计原子弹的那个学生吧?"秘书问我。

"是的。"我答道。

"系领导已经开过研讨会,打算把你的论文作为保密项目交给美国政府。"秘书盯着我说道。

我差点儿没晕倒,好一会儿,我不知该说什么,但心里响起一个声音:"我想我不会被退学了。"

(原载《青年博览》2011年20期)

> 每个人时时刻刻都有可能成为新的自己,每个人都是一样的,相信自己,就是成功的第一步。

我这些年的离奇同桌

文 / 代孔胜

青春是没有经验和任性的。

——泰戈尔

在我读书那会儿，云南这边的幼儿园尚未普及。通常来说，大部分人走的正常求学路线都是学前班，然后一年级。

关飞羽就是我一年级时候的同桌。孩子之间，不玩什么自我介绍，一起疯闹了半天也不知道人家叫什么名字。后来，老师点名，才把全班吓了一大跳。

南陲边镇，很多中国式的传统都还保留得比较完整，尤其贴门神，更是马虎不得。因此，几乎没有哪个孩子不认识关羽、张飞这两位名将门神。

关飞羽这个名字一出，可谓霸气十足，又是关羽，又是张飞，能不吓人么？可惜，这小子和我同桌六年，人一直瘦得皮包骨头不说，个头也不见长。于是，这个名字慢慢变成了大家的一种笑料。

小学四年级以后，他性格有了较大变化。成天拿着几个麻将牌在学校里晃来晃去，一下冒充中队干部没收低年级孩子的玻璃球，一下冒充年级老大四处收取保护费。

最离谱的是，他手里的麻将牌一直在变。今天拿的是九万一筒，可能明天就变成三条北风。我犯糊涂，只好问他是为什么，听完他的大论我才知道，原来他爸妈都好这口，成天扑在赌桌上堆长城，饭也不做，火也不

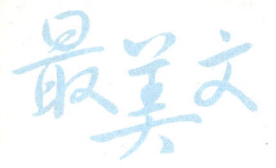

生。没办法,他只好偷走几个麻将牌出出气。

他爸妈被闹腾得不行,以为是家里出了贼。可想想也不对,小贼干嘛不偷别的,光偷几个麻将牌?关飞羽小子嘴硬,抵死了不承认。有次他爸急了,动用皮条严刑逼供,可这小子的名字也不是白取的,任他爸挥鞭如雨,他就是不说。没办法,只能作罢。

后来,他爸妈开了个小饭馆,算是戒了赌,从了良。

得意洋洋的关飞羽便在学校的操场上跟一帮兄弟大肆吹乎他改造爸妈的血泪史,不幸,那天恰好碰到他老妈来学校找老师问成绩,结果,顺道成了他的秘密听众。

当关飞羽提起脚边的书包倒出一大堆花花绿绿的麻将时,他老妈忽然像猎豹一样冲了出来。

可想而知,关飞羽彻底应验了他这个名字——被打得飞天乱舞,羽毛一地。

白小刀

初二新来的同桌,是个吊儿郎当的小光头,据说是因为数学考了5分,才被勒令留级的。

名气也够武侠,白小刀,连语文老师都禁不住问他,都21世纪了,怎么不取一个叫白小枪或者白小炮的名字呢?

那时候,学校忙着扩建,天天施工,白天吵得要命,晚上则电压不稳。可学校偏不让我们回去,得窝在教室里上晚自习。

由于电压不稳,供电不足,所以教室经常会陷入一片黑暗。因为学校规定过,如果停电超过十五分钟,那么,就可以放学生回家去。故此,只要一停电,整个学校的学生们都会在黑暗里欢呼雀跃,鬼喊鬼叫。

大部分情况下,只要停电,我们都可以回去。通常来说,没个二三十分钟,那电工老头绝对找不到毛病。

那是个闷热的夏天傍晚,一百多号人坐在拥挤的教室里叫苦连天。白小刀说，要是停电就好了。前排的女生多嘴逗他说，如果你念一百遍停电停电的话，那么，佛祖就会感应到，如你所愿。

不知是白小刀闲得无聊，还是脑袋短路，一个人竟真这么自言自语地念了起来。

事有凑巧，还没数到一百遍，整个学校灯就灭了。顷刻间，暑热难耐的学生们都疯了。拍桌子地拍桌子，吹口哨的吹口哨，班主任都制止不了。

可那次的确是空欢喜一场，不到两分钟，灯又全然亮了起来。语文老师像个瘟神一样黑着脸站在讲台上，乱跑乱喊的学生瞬间回到原位。只有白小刀一个人还站在课桌上闭着眼睛乱喊乱踩。

全班哄然大笑，他一睁开眼睛，就傻了。灯亮了没关系，主要是语文老师正面无表情地看着他忘情表演。

悲催的白小刀当晚差点没累昏过去，因为语文老师就这么一动不动地坐在教室门口，数着他在升旗台上跳了足足五千下。

最后，趴在升旗台上一动不动的白小刀似乎只会说一个字了，水，水，水。

赵倩倩

高一上半学期，我总算有了读书生涯中的第一位女同桌。

高个，白净，人长得也不赖，可偏偏就是成绩倒数，命犯花痴。头几次数学老师说她就是绣花枕头一包草的时候，她还会大哭几分钟。可不到两个月，她似乎就练成铁布衫了，不管老师说什么，她都可以独自哼着小曲，笑傲群雄。

她桌洞里的头几本书，永远都是八卦杂志。什么几何定理三角函数她一概不知，可只要你一提歌坛影坛，她就没什么不懂，谢霆锋和王菲拍拖啦，刘德华爆出有隐秘恋人啦，等等，她都能吹得比娱乐电台还要专业。

再后来，她喜欢上一个高三文科班的男孩子，成天嚷着要我帮她认识

认识。

那男生是学校篮球队的主力,人长得帅,学习成绩也挺好,每次打比赛只要有他在,那人群里疯狂女生的尖叫绝对比直升机的分贝还要高。

憋了好久,她给那男生写了一封八卦体情书。其中内容和娱乐杂志上的消遣文章差不多,花花绿绿的色彩笔,脑袋都能看晕。什么我在郭富城里遇见了你,想和你溜着范冰冰去周星驰(池)边喝饮料之类的。

那男生过了许久才回信,我同桌收到他的回信之后,激动得都快疯了。结果,那封信里,只有四大个字——天旋地转。

无奈,我这苦命的同桌苦苦相求请我出马,人民币1.5元一封情书,硬是让我寻章摘句引经据典地给他写了整整十封古色古香的情书。

说是十封,其实我只写了五封。班上后排男生的情书,大部分都是我代写的,所以都备了底稿。但经过事实证明,很多时候,资源反复利用,是会惹出天灾人祸的。

谁知道,后排男生要追的那位文艺小女生,竟然是这位篮球王子的亲妹妹。这么狗血的剧情,竟然也能发生在校园里?

结果,篮球王子迅速给我同桌回了信,还是四个字——抄袭可耻。

我那同桌像是受了极大的委屈,哭了整整几堂课,到现在都还没弄明白当年这件事情的原委始末。

胡一歌

高二文理分班之后,数学学得一塌糊涂的我只能选择投靠文科班。

胡一歌不一样,他是属于那种理科好得要命,有望直奔清华的优等生。当他提出要来文科班就读的时候,年级主任差点没气得吐血。

所有任课老师都来劝解开导,像华山论剑一样,一个走了一个来,没完没了。

后来胡一歌直接用自杀来要挟,老师们才望而兴叹,任由他去。

文科班的老师都乐坏了,总算来了个好苗子。刚进班第一天,胡一歌就受到了大老爷的待遇，座位随便挑，想坐哪儿就坐哪儿。

胡一歌估计脑袋有点短路，不坐前面，不坐中间，偏要跑来最后一排跟我挤。老师刚要说话，就被胡一歌制止了："老师，我是远视眼。"

上地理课的时候，我试探性地问过这小子："哥儿们，跟我说实话，你好好的理科状元，干嘛跑到我们文科班来？"

聊了半天才知道，胡一歌是为情所困。喜欢一个女生喜欢得要命，朝思暮想，为了不害相思病，只能跟着那女生一起报文科。

不过，还没等胡一歌那小子把情书写好，那女生就跟相隔一条走道的体育委员搭上了，胡一歌气得连请了三天病假。

书上说，为情所伤的人，大多都会身形憔悴，一夜白头。可胡一歌回来之后，非但不见半点此类迹象，头发乌黑不说，人也精神了不少。

后排男生疑惑不解，胡一歌故作高深地说："同志们，这几天，我在家钻研佛法，总算有所领悟。红尘情爱，之后恐是与我无缘了……"

过了好久我才知道，这小子是在市区的快餐店碰见了自己的初恋情人。于是，再度泥足深陷，无法自拔。

胡一歌最终没能上什么北大，很多人为此叹惋，他倒看得特别开："人生不过是一次短暂的旅行，遇见什么风景不重要，重要的是看风景时的心情。"

这句话在后来影响了我很多年，前不久，我改了改，写进了日记的扉页里："青春不过是一次短暂的相聚，漂向哪个海岸不重要，重要的是靠岸前的欢喜。"

（原载《语文报》2014 年第 18 期）

青春就是一次万人狂欢，在恰当的时候，遇上那一群恰当的人。

在青春里呼啸而过的倒洒金泉

文/何东

青春是多么可爱的一个名词！自古以来的人都赞美它，希望它长在人间。

——丰子恺

一

说李向南是云南省宣威市第六中学文笔最好的学生，一点也不为过。不说别的，光从写情书这一点来看，他就完全可以成为后人膜拜的大师。

大伙儿都知道，陈小旭和李向南平时好得可以穿一条裤子，可陈小旭第一次给喜欢的女生写信，就被李向南阴阳怪气地狠狠批评了一番。为这个破事，陈小旭和李向南还大吵了一架。

陈小旭特不服气地说："向南同学，别以为自己有点文采就了不起，你别忘了，你的数学可从来没有及格过。我的情书怎么了？情真意切，直抒胸臆，说实在的，我觉得一点也不比当年徐志摩给陆小曼写得差。"

"哎哟哎哟，得了吧，哥们儿，咱先不说信里有几个错别字，就冲你那股酸劲儿，完全赶得上咱大云南曲靖市的酸浆米线了。你说你情真意切，我是真感受不出来，不说别的，你都写了快一页了，还没个主旨，这要是作文，能得5分都不错了。"

李向南这一番话，差点没让陈小旭吐血。

陈小旭气得一把扯住李向南的领口："小子，咱们就来个历史重现吧，哥哥就给你一个活的机会，古有曹植七步成诗，今有向南八步写文。我宽松点，给你八步，如果八步之内，你写的东西不能打动我，哥直接把你从咱们老东山的倒洒金泉上扔下去。"

说到这儿，我就简要介绍下吧，倒洒金泉是宣威市的一个著名景点，位于乌蒙山中部，四季均有溪水直流山涧。而涧口终年大风呼啸，常把流下的清澈溪水从空中处倒刮回观景台，似雾似雨，故因此得名。

李向南笑笑："小旭啊小旭，一看你就没啥写作天分，看过周星驰的《功夫》没？里面火云邪神有句经典台词——天下武功，无坚不破，唯快不破。这一句，就是境界最高的写作手法。不管你写什么，进度一定要快，要在第一句就迅速调动起读者的积极性，你磨蹭半天都还没进入主题，换谁都不想看下去。这信，如果是我李某人写，开头根本不必那么长，一句话足矣，就凭这一句话，我就可以把人物、时间、心情交待得清清楚楚，而且还比你的动人。"

二

事实证明，李向南确实是个文学天才，他才写下第一句，陈小旭就厚着脸皮要包下他将来一周的早中晚餐。

他第一句怎么写的呢？很简单。

"初次见你，是在流光遍地的阳春三月，窗外，刚下过一场惹人哀思的纷飞细雨。"

李向南开始夸夸其谈："兄弟，看见没？时间，阳春三月；人物，我和你；心情，惹人哀思。我没胡诌吧？比你那一大篇写的，是不是更让人有想读下去的欲望？"

"哥哥，我错了，为表歉意，你将来一周的早中晚餐，我全包了。如果哥哥胃口不错，想吃点宵夜，那也没问题。小弟只有一事相求，务必要将此文写完。"陈小旭那狗腿样，和《爱情公寓》里的曾小贤绝对有得一拼。

李向南一听有这等好事，高兴得连说一串方言："要得，兄弟一定给你搞呢板板扎扎呢！"

可惜，才刚因为这事吃过一顿早餐，李向南就被政教处请去喝茶了。

那封感人肺腑虐心虐骨的情书还没来得及拆开，就被柳菲菲的班主任拿去了。

李向南不明所以，但看完老师提供的罪证，他便彻底无语了。陈小旭果然是个天才，不然，他怎么会把最后署名为"李向南"的部分都誊抄进去呢？

此刻，李向南心里只有一句话："天哪，不怕狼一样的对手，就怕猪一样的队友啊！"

李向南大义凛然，踊跃承担错误，说自己是一时大意，才犯了这等原则性的错误，请广大老师和同学们给予原谅。

李向南真是命苦，换做以前，发生这样的事情，肯定是悄悄私了。可今时不同，他恰好碰到新校长上任，而这位新校长正忙着狠抓学风，树立正反典型。所以，毫无疑问，李向南当之无愧地坐上了反面典型的宝座。

三

学校不但通报批评，还给李向南彻底成名的机会，就是在中午两点十分的时候，通过全校的广播，大声朗读自己的检讨书。

收听这个广播的音响设备，每个班都有。以前是用来听学校官方通知和英语听力，现在，是用来听李向南的丰功伟绩。

陈小旭感动得热泪盈眶，说李向南完全就是现代版的武松，不但重情重义，还豪气冲云天。

李向南一战成名，他的朗读还没结束就被正义之师给掐掉了。

因为他说为了让全校同学都认识到他犯的错误是多么可耻，情节多么恶劣，他决定把罪证先给大家播报一遍。于是，第一段才刚刚念出，整个学校的局势就完全失控了。

好事的坏学生们在班级里大喊："放过天才！放过天才！"

没办法，班主任只能把手机扔给李向南，让他通知家长。

李向南他爸爸是个爆脾气，当天他确实被狠狠揍了一顿。但用他的话说，他也没吃亏。因为他用班主任的手机绑定了腾讯QQ的黄钻和会员，直到毕业，班主任都没发现。

事情只能这么告一段落，但从此之后，李向南确实出名了。不说本校有人没事儿就找他签名，就连别的学校的学生听说此事，都有人专程过来请他出山，高薪聘请他撰写情书。

可惜，李向南已决定金盆洗手。于是，他唯一写过的那封情书，便成了众多学生的膜拜神物，在民间疯狂传阅。

陈小旭因为此事，和李向南彻底结下了革命性的生死友谊。

四

不过，流言四起，柳菲菲大受干扰，曾一度饱受奚落，成绩一落千丈。可是，陈小旭并没有因此停止对柳菲菲的喜欢。

年少的时候，好像每个人都做过同样的事情。我们都天真地以为，喜欢一个人，就要大声告诉她，如果她不曾动心，那就必须通过自己的坚持来感染她——我们不但没有想过青春该用来干嘛，甚至不知道真正的喜欢，是要让对方变得更好，而不是成为彼此的困扰。

柳菲菲主动约陈小旭出去春游，这件事，让陈小旭连续一周都跟打了鸡血一样兴奋。

在乌蒙山的倒洒金泉上，柳菲菲哭得像个泪人："陈小旭，求你了，不要再喜欢我，也不要再给我写信，更不要送莫名其妙的礼物给我。我不像

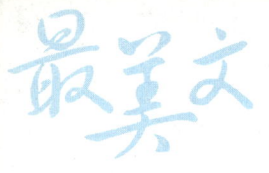

你，有优越的家境，我只能靠自己，学习是我唯一通往梦想的途径。如果你真的喜欢我，就应该尊重我，而不是只顾自己的感受，打着喜欢的名号来伤害我……"

倒洒金泉的溪水被大风吹送上空中，落成一地冰凉的大雨。

那天，柳菲菲走得很早，陈小旭站在雨中一动不动，好像也哭了。

他仔细把前尘往事好好想了一遍，他到底有多喜欢柳菲菲呢？他答不上来，他也不知道。他连自己将来要干嘛，梦想究竟是什么都不清楚，他又怎么能让柳菲菲变得更好呢？

也许，他的喜欢只是因为柳菲菲漂亮。他说不出来，心里像堵了一块巨石，疼得涕泪交流。他第一次觉得自卑，觉得自己一无是处。他目送柳菲菲离开的时候，仿佛看到了在为梦想努力狂奔的光影，而自己，不仅没有前进，还不断地往后退。

五

陈小旭并没有因此奋发图强，励精图治，毕竟，生活不是电视剧，更不是小说。他有过改变的想法，但一切已经太迟，因为当他坐在教室里开始认真听课的时候，他才发现，自己完全是在听无字天书。

没过多久，陈小旭就退学了。

退学前一晚，刚好还是清明放假。陈小旭管他爸要了一笔钱，说要请全班同学吃大餐。

那晚，陈小旭和李向南喝得天昏地暗。最后，所有的同学都走了，唯独剩他们俩在KTV里，一遍又一遍地唱着五月天的《你不是真正的快乐》。

分别的时候，陈小旭紧紧抱着李向南说："兄弟，希望你好好为梦想努力一次。我知道我已经没有努力的资本，可你有，你完全来得及，咱们兄弟俩人，总有一个人要上大学，要扬眉吐气……"

那是李向南第一次掉眼泪。

后来，再也没人见过陈小旭。听说，他毅然拒绝了他爸让他分管家族企业的决定，只身去了上海，每天围着车水马龙的城市奔波，只为送完当天的快递。

就在那个多雨潮湿的七月，李向南拿到了一所普通二本院校的录取通知书，陈小旭高兴得从上海坐长途火车回来看他。在宣威一中对面的巷子里吃炸洋芋时，陈小旭捡到一个皮包，里面放了一万块钱。陈小旭说，见者有份，于是，死活要分五千给李向南。

当晚，李向南给陈小旭写了一封信，内容大致如此："兄弟，我知道那钱是你故意放在那里的，那皮包很久之前你用过，也许你已经不记得。我家境贫寒，确实急需这笔钱缴纳学费，我当你是借我，暂且收下。当然，我不会让你失望，在未来的两年里，我肯定会用我自己赚来的稿费把这笔钱还给你。"

回上海前，陈小旭独自去了趟倒洒金泉。他不知道自己退学的决定是对是错，但他很喜欢现在的自己，起码知道明天该干什么，起码知道自己并没有想象中那么了不起。

大风又带着溪水下了一场雨，在同样的地点，却再也不能拥有同样的心情。他坐在雨中，看着当日柳菲菲远去的树林，给自己发了一条短信。

"原来，青春就是一次让每个人都找到明天的旅程。"

（原载《初中生学习》（中）2016 年第 5 期）

青春真的是命运安排的一次完美的巧合。人生开始进入新的分水岭，然后我们就碰到那些人，然后就形成了今天的自己。

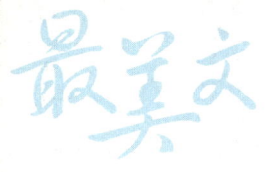

赢在奔跑过程中

文 / 莲叶深深

我以为挫折、磨难是锻炼意志、增强能力的好机会。

——邹韬奋

1. 输在了起跑线上

我抱着《窗边的小豆豆》《海底两万里》《中国童话精选》等好几本家教专家推荐的书，对10岁的儿子兴高采烈地说：妈妈给你买了很多好看的书，你快来看看。正在画画的元元抬头看了我一眼，不耐烦地说：我不爱看！下次你别给我买了！

我耐着性子说：好孩子，你翻翻好不好？这些书都是写小朋友的，又有趣又有意义，很多孩子都喜欢的。元元不情愿地放下画笔，把这些书挨个翻了几下，然后说：我可没觉得有意思，不爱看！我再也忍不住，大怒道：你必须看！这些书看不完不许再画画看漫画！看我生气了，元元不敢再说什么，便随手拿起一本书撅着嘴看起来。

可看他百般无奈的样子，我没法相信他能真正读进去，只好喟然长叹。

同样是10岁的男孩，办公室同事刘菁的儿子阳阳就是一个小书虫，人家从小就爱看书。别说书了，就是看到任何一张有字的纸都不放过，都能读得津津有味、专心投入。

每天放学后，两个孩子都会来到我们办公室，阳阳会安静地坐在妈妈的办公桌旁，专注地看一本本的书。我的元元呢，一会儿蹲在地上拼图折纸，一会儿非要用我的电脑玩游戏，更多的时候干脆跑到外面不知玩啥去了，害得我下班后得到处找孩子。

到了小学毕业之前，读书多的阳阳已经能把书中的故事讲得头头是道，古今中外天文地理无所不知，作文写得文采飞扬，让所有人都夸奖赞叹。而元元呢，就是会玩，玩得花样百出，兴致勃勃。可是，玩能玩出好成绩吗？玩能玩出好前途吗？看他各个学科都学得马马虎虎，而语文和英语成绩更差。毫无疑问，这是阅读太少的原因。

和人家相比，我的儿子已经输在了起跑线上。

2. 培养敌不过热爱

我很郁闷。

同样是教师，我还是学校公认的"才女"，单位所有的材料大都是由我执笔完成的，经常在报刊上发表散文随笔。可我的儿子居然不如人家孩子文科学得好，真是岂有此理！

我翻阅了大量家教著作，精心制定了一个培养孩子阅读的规划：比如每周带他去一次书城或者图书馆，每天晚上与他亲子共读一本书，每周完成两篇阅读日记等等。我对老公说，我就不信，培养不出他热爱阅读的好习惯！老公劝我，算了算了，孩子爱干什么就干什么吧，何必非要阅读不可呢。我说不行，我是教师，我懂教育你不懂，不爱阅读的孩子将来是不会有文化有发展的。

然而，我努力半年，却成效甚微。虽然在我的严令下，他能读一会儿书，却总是心不在焉。我问他有什么心得感受，他经常是一片茫然。后来再让他看书，他就两眼发直，目光呆滞。老公生气了，说好好的孩子，你

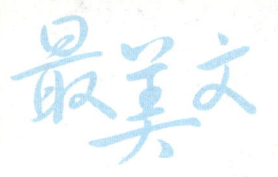

别把他逼傻了。不爱读就不爱读，咱以后学理科就是了。我实在没招了，只好退而求其次，放弃了有文化有品位的名著，给他买《金庸全集》《阿加莎侦探小说》，甚至《故事会》这类通俗读物，他才算多少看了点。

我不得不承认，再努力的培养也敌不过孩子自己的兴趣和热爱。我的孩子就是不爱读书，那就随他去吧。

3. 快乐的初中时光

元元读了初中后，心灰意冷的我基本上已经对他放任自流，除了老师要求家长签字的试卷，其余的我一概不看。别人争先恐后地给孩子找班补课，唯恐孩子落后。我也没给他找，因为我觉得他已经没有了培养前途，我何苦还花钱费力呢。

我不管他，元元乐得不行，每天放学回家飞快地写完作业，就开始各种玩。做模型了、画画了、做各种物理实验了，看电视里的《动物世界》《艺术创想》了，偶尔也会翻一些科普方面的杂志和书。初二的时候，居然让我给他买达尔文的《物种起源》。

每天在办公室，刘菁都问我，你家元元昨晚几点睡觉的？我说九点半啊。刘菁说，那么早？能写完作业吗？我说，他说他写完了啊，我也没见有老师找我说他没写完作业啊。刘菁叹息，你家元元作业写得真快，我的阳阳几乎每天都要写到十一二点，他累我也累。开始我还以为是认真的阳阳写得慢，或者班级不同作业有多有少，后来跟元元同班同学的家长谈起，才知道原来大部分的孩子作业也都要写到很晚。

可我的元元，简直就是轻松愉快。更让我惊奇的是，几次考试下来，他的成绩虽然不拔尖，但是也能混上上等之列。知道元元实际情况的亲友无不羡慕地对我说，你真是命好啊，摊上一个聪明儿子，不怎么学习成绩也能好。我也觉得我像是摸到大奖了，难得这孩子又省钱又省心，最好的是，人家学习还不累啊！心情好了，对孩子也就更宽容了，对他不爱阅读也就不再耿耿于怀了。

中考时，不爱阅读的元元和爱阅读的阳阳以差不多一样的分数，考上了同一所省重点高中，还幸运地分到了一个班。

4. 赢在奔跑的过程中

读高中后，虽然科目一下子增加到了九科，可元元依旧学得轻松自如。第一次期中考试结束后，出乎所有人的意料，元元竟然考了全班第一名，当然他的文科成绩没有理科好，但也没差太多。我有点怀疑，问他：你是不是瞎蒙的啊？你这样子，怎么能考第一呢？元元也很茫然地说：我也不知道啊。不久后期末考试时元元再进一步，竟考了全年组第一名。

相比之下，阳阳的成绩却是急速下滑，差不多已经到了中等左右的位置。阳阳问妈妈，元元还没有我努力呢，他经常在周六周日和同学一起去玩，可怎么成绩就那么好呢。阳阳妈说，那还用说，人家在家偷着学呗。刘菁把这话转述给我，我忙说，哪有啊，元元真的没偷着学。

看元元的成绩单，他的理科优势明显，但文科也不弱。我万分惊讶，一个从来不爱读书的孩子，怎么能将文科也学得如此好呢？我百思不得其解。第一次，我放下身段，虚心问元元：那些文科，你怎么学的，我也没看你认真背过啊？

元元笑，妈妈，你太落伍了。现在很多文科的内容都需要动脑筋去想，就算是需要背的内容，我也是理解的背，很轻松就记下来了。我翻看他的地理历史，果然里面有很多需要动脑筋进行综合分析的内容，比如地理中的经纬度、气压气流，历史中的经济史、科技史等，都不再是我们印象中只要死记硬背就能学好的科目了。

我翻看他期末试卷写的作文，是一篇用材料写的议论文，一边看我一边大惊失色。文笔很一般，一看就知道作者读书不多，所以词藻不够丰富，并且时有重复。然而整篇文章逻辑清晰、层次分明，引用恰当，观

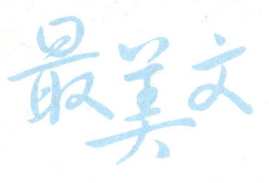

点鲜明。虽然语言不够优美，但说理很深刻，整篇文章思路连贯，一气呵成。老师给打了高分。

看着他的作文，我久久无语。

习惯了我一向喋喋不休的儿子有点忐忑，问我，妈妈我的作文写得不好吗？

我叹了口气，对他说，不是我偏爱，你的作文虽然文采稍逊，但真的很不错，比我当年写得好多了。妈妈放心了，就算你将来大学毕业找不到工作，也完全能够改行从文，写稿为生。

他问我，我能像你一样，在报刊上发表然后挣稿费吗？我摇头说，哪只是发表？你要是肯用心，再多读点书，多练习写点，超过我根本不是问题。

他很高兴地抛开我继续玩去了，可我，却陷入沉思中。我终于明白，原来仅有阅读经验或者仅有数理知识都是不够的，对孩子来说，一边读，一边玩，让以阅读为主的文科丰富他们的文化底蕴，让以玩为路径的数理激活他们的思维。文理协调发展，孩子的学习才会更轻松，掌握的知识才会更全面。如此，才是最好的教育，最好的生活。

我的儿子，输在了起跑线，却赢在了奔跑的过程中。

（原载《语文周报》2014年第8期）

人的成长，不是一时的高低，而要在一路上分出胜负。走走停停，经历挫折，发现兴趣，练就品德，人就是这样成长并成熟起来的。

知识点亮人生

文 / 林子

知识就像烛光，能照亮一个人，也能照亮无数的人。

——谚语

人生需要用知识来点亮，才能终见光明。

或许很多年轻人有过这样的经历：最初对未来充满美好的憧憬，也想出人头地。可是，现实是残酷的，遭遇的失败和困惑常常让人苦恼，无论你怎样挣扎、呐喊，都不能摆脱命运的捉弄。就好像命运有一双看不见的手，无情地将你推进一个巨大的黑洞里，使你看不到人生的一丝光明。日子就这样在浑浑噩噩、跌跌绊绊中度过。

那么，朋友，不要悲伤，不要叹息，也不要忧郁，知识就是点亮人生的火炬，请你将它高高地擎起！

请相信，知识会让你聪慧。只要你肯努力地去追求，就能得到它。你会变得聪明，然后运用智慧去化解命运的魔力，从而摆脱困境。

请相信，知识会让你坚强，支撑你在人生的道路上无所畏惧地走下去，从容地笑对人生。

请相信，知识会让你充满力量。因为知识的里面潜藏着爱的因子，只要将它融入内心，就能使你焕发活力，释放生命的潜能。这力量足以撬动命运的磐石，让人生的轨迹发生偏转，怎能为之不动容？

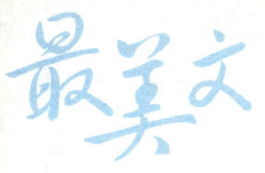

请相信,知识会让你海阔天空。没有知识的人,注定他的路是窄的,也不能走得很远。倘若有了知识,海阔凭鱼跃,天空任飞鸟,你就能施展才华,人生的舞台将随心而变大,精彩的演绎会与众不同。

人生的路就是这样曲曲折折,有低谷,也有高峰。当你的人生不经意地走进黑夜的时候,请别忘记带上知识的火炬,因为只有知识才能让你走出无边的黑暗,迎来黎明!

(原载《考试报》2015年第27期)

一个人赤条条地来到世界,就像一只空的杯子,是没有根基的。而知识就好比是不断加入的水,有了知识,杯子才逐渐有了分量。

告诉你一个秘密

文 / 马朝兰

仰之弥高,钻之弥坚。

——《论语》

一

从步入学堂的第一天开始,他就如一朵僻幽的山花,在漫漫的人海中,无关紧要地开着谢着。没有人知道他叫什么名字,也没有人想去解开这个毫无价值的谜团。

他渴望走进他们中间去,与他们一起在溢满草香的校园小径上欢笑,一起簇拥着放下学,一起逃课到遥远的西山上抓鱼。在旁人看来,这都是些平凡至极的事件,可对于寡言自闭的他来说,却是一连串闪亮而又模糊的梦。

站在偌大的群体里面,他时常感觉自己像一块玻璃。譬如,清晨做广播操时,站于他身前和身后的两位同学,总能将眼神透过他的身躯,叽叽喳喳说笑不停;譬如,在全班自由调整座位时,他永远改变不了一人独占课桌的局势;譬如,有人在课堂上传纸条,快到达他所在的位置时,别人宁可叫他前面的同学,也不愿顺手把纸条给他……

他开始阅读很多关于交际的书籍。书上说,得有勇气打开自闭的大开，向别人袒露你的诚意，这样，别人才会由衷地接受你。于是，他决定在某个午后，独自走上讲台上，慷慨激昂地和台下的同学们说："我想和你们做朋友，可以吗？"

为了打开这扇自闭的门，他做了很多努力。他甚至知道，深呼吸和自我暗示可以排除内心的恐惧和紧张。

一个流光四射的午后，他耷拉着头，穿过走道，欲独自登上讲台，他想，他该说出自己的心声了。踏上讲台的一刻，他感觉瞬间气血翻涌，险些无法喘息。凝神寻思，赶紧在众人的一片惊愕中拿起黑板擦，急速转身，化惊恐为力量，猛烈地擦黑板。

二

体育课上，老师让做一个名为"抱团"的游戏——众人手拉手，围成一个大圈，不断奔跑。老师站于中间，等混乱之时大喊一个数字后，众人迅速抱团，每团的人数必须与老师口中所说的数字均等。要不，就判为输家，得出一个有新意的节目。

不管老师说"5"还是说"6"，他都是输家。很多次，他想要冲入人群之中，与他们抱成一团，却每每都被决绝冷漠的眼神挡了回来。

那个原本他决定打开心门的午后，成了他一生的伤痛。站在风尘呼啸的操场上，他从未如此绝望过。看着那些嘲笑的脸，他忍住泪水，游戏了一下午，也被罚唱了整整一下午的《明天会更好》。尽管很多人到后来不愿再看他的节目，可仍是没有办法。只有他一个人输，并且他只会唱这一首流行歌曲。

后来，他在众人的嘘叹声中完成了最后一次表演。那个夜晚，他伏倒在门窗紧锁的书房里哭得忘乎所以。几近天亮的时候，他给班主任写了一封绵长的求助信，希望能通过老师的帮助来获得同学的认可。哪怕一个也好。

次日午后，班上的两个坏同学先后被叫了出去。归来后，他们特意看了一眼仍旧自闭不语的他。

他惶恐不已，他以为，老师把他们俩严厉批评了一顿。因为，他在信中明确指出就是他们俩唆使周旁同学不要与他交朋友。如果真是这样，他的麻烦就大了。这两个无所事事的坏同学，一定会在放学的小路上找他算账。

放学后，他静坐在教室里，想等他们走后他再回去。岂料，他们竟也一起坐在教室里！

等人走得差不多的时候，他们俩上来了，他想跑，可腿脚一下子不听使唤了。他握紧了书本，心想："要是他们动手的话，我也得做点反抗吧？"

"哥们，我们一起回去吧！"两双温热的手同时搭上他的肩膀，再从肩膀滑向他的背后。抬头触及他们真挚的眼神，他不忍拒绝。

他第一次与他们笑着走过溢满草香的校园小径。没人看到，那个暮色四合的午后，他的双眼里一路都噙满了泪水。

后来，他的朋友越来越多。他做任何事，碰上任何困难，只要旁人看到，就算他不开口，他们也会第一时间前来帮忙。

他无时无刻不在感激着自己的班主任。他想，是老师把自己的诚意传达给了同学们。因此，他开始努力学习，想用最好的成绩来回报恩师。

三

高考之后的毕业联欢会上，其中一位落榜的坏同学缓缓朝他走来，坦然地说："我决定补习，将那些遗落的知识重新拣回来。当然，谢谢你两年前对我的肯定和鼓励，希望明年我们能在大学相见，继续这段未完的友谊！"

说完，坏同学向他伸出了手掌，他迷茫地握住这双真诚温暖的手，内心一片风暴。

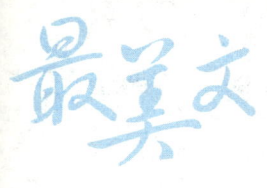

会后,他终于鼓起勇气,拉住这位坏同学悄然问道:"你说我鼓励了你,什么时候?"

那人狡黠地看了看他,从兜里摸索出一张陈旧的纸条,上面赫然写道:"告诉你一个秘密:你注意到班上那个最自闭的同学了吗?我对他做了一个调查,问班上最热情、最有潜力的同学是谁,真没想到,他给我的答案竟然是你!我想,他不曾与旁人交往,也就不可能对谁存有私心和偏见。因此,这个答案该是最为公正的。最后,希望你不要把这个秘密告诉其他的任何一位同学,免得伤了你们之间的和气!"

握着这张时隔两年的纸条,他的泪水奔涌而出。一直以来,他都以为是自己的诚意感动了周旁的同学,殊不知,原来是恩师的良苦用心起了作用。

当然,他一辈子都不可能知道,这样的"秘密纸条"不光是这位坏同学收到过。那位年过半百的老头,曾一天写一张纸条,发一张纸条,足足花了两个月的时间才把这个"秘密"传达给予他相关的每一人。

(原载《语文报》2014 年第 32 期)

> 我们都曾有过这样一段时光,需要被孤立,需要被支持需要被认同,那是一段苦闷的日子。也许我们也曾这样关爱过一个人,默默地做了很多事情而从不让他知道。

知识是奋飞的翅膀

文 / 美丽人生

知识能使你增加一双眼睛。

——叙利亚谚语

鸟如果没有翅膀，就不能飞向蓝天；人如果没有知识，就不能任重致远。

对于人来说，知识好比是一双隐形的翅膀，有了它就能像雄鹰一样，搏击命运的长空。

没有知识的人，就像蒿草一样，他的人生注定平庸荒凉；而有知识的人，则像禾稻一般，他的人生收获的是金灿灿的庄稼。

在《西游记》里，孙悟空原本是从一块灵石中蹦出来的猴子，虽有过人的资质，但那时还一无所学，什么也不懂。只是后来，他漂洋过海，觅得仙山，拜师学艺，才终得神通。

什么是知识？简单地说，知识就是本事，泛指一个人所拥有的某种能力，就像故事中的孙悟空。他的神通，如七十二般变化，筋斗云等，就是知识的一种体现。

知识亦是智慧。《三国演义》中的诸葛亮，上知天文，下晓地理，文韬武略，奇门遁甲，神机妙算，近似神人。而他的智慧，皆来自于知识，是知识的另一种体现。

人并非生而知，而是学而知之，因此，知识在于学习。一个天资很高

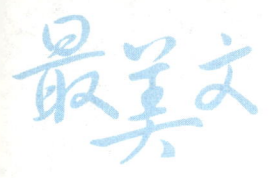

但不爱学习的人，就好比是一块璞玉，倘若不经历刻苦地琢磨，便不能成为贵重的玉器。一个人，只有终日乾乾，学习不止，才能获得很多知识，给梦想插上一双有力的翅膀。

知识在于积累。荀子在《劝学》中说："不积跬步，无以至千里；不积小流，无以成江河"。这启示我们，知识的获得并非是一蹴而就的，而是靠一点一滴的学习和积累。这是一个漫长的过程，若没有锲而不舍的志向，就不能"积学以储宝，酌理以富才"，成为一个学识渊博，才能出众的人。

知识在于创新。昨天的知识到了今天下午就成了旧的，今天的知识到了明天亦是如此。学如逆水行舟，不进则退，只有勇于创新，才能使自己的知识系统不断升级更新，更好地适应时代的需要。创新并非是完全舍弃旧的知识，而是在继承的基础上创新，汲取原有知识的精粹，促进知识的科学发展和进步。

对于我们来说，知识是奋飞的翅膀，知识成就梦想，人生因为知识而精彩。古有苏秦，当初不得志时穷困潦倒，父母和妻子都轻视他，嫂子也不给他做饭吃。后来，他发愤苦读，有时候读书读到半夜，又累又困，他就用锥子扎自己的大腿。就这样，苏秦的知识比以前丰富多了，他合纵抗秦的主张得到采纳，身佩六国相印，从此扬眉吐气，好不风光。

一个人无论梦想多么美好，倘若不借助知识的翅膀，就不能够奋飞而起，大有作为，这是一条颠覆不灭的人生真理。"少壮不努力，老大徒伤悲"。我们应当惜时志学，用知识武装头脑，成为一个有力量的人，才能成就自己的梦想。

（原载《语文周报》2013年第27期）

知识是一个人的翅膀，借助这个翅膀，才能够得到梦想。

自卑窗外有花丛

文 / 王万龙

一个人是否有成就只需看他是否具有自尊心和自信心两个条件。

——苏格拉底

一

同桌说"班上女生就属李小莫最丑"的时候,我刚走到笑声四起的教室门外。李小莫怔怔地站在门口,不知所措。最后,故作从容地低着头,转身晃着肥壮的大腿去了厕所。

这是班上男生最中意的一个恶作剧,他们有事没事就把班上所有同学的花名册拿出来,评选"城中三最"。何谓"城中三最"?很简单。那便是指班上最丑的,最小气的,最蠢的三个人。

当然,同桌不曾知道,他们在教室里吵吵嚷嚷着评选"城中三最"的时候,李小莫就黯然地站在门口。他们对着惨白的花名册,笑得前仰后合,还不忘各抒己见。

"嘿,你别说,我起初没觉得李小莫有那么丑,但经你这么一说,我倒是发现了。她的大腿至少有那么壮,脑袋至少也有那么大。"旁边一位男生一面说,一面蹲在课桌上夸张地比着手势。

一帮人站在他的周围,像忠实的听众,不停地点头附和。我一进门,他们便涌到我的跟前,一本正经地问:"小子,你终于来了,你说说,班上

女生谁最小气？这一块你最有发言权，你可是咱们班的班长。所有男生里边，就你和女生接触最多！"

我破天荒地沉默。说实话，起初，我也乐衷于这样的玩笑，无伤大雅的同时，又能自我娱乐。却不曾想到，这样的做法，会让被评选上的人万般落魄。譬如，午后的李小莫。

二

李小莫没来上第一节课，班主任一脸风雨地问："有谁知道李小莫去了哪儿？"没有人回答。班主任接着问："她一般和谁在一块儿？"这时，喜好恶作剧的同桌开口了："老师！她一般和自己在一块儿！独来独往！"

哄堂大笑，不过，我们不得不承认，他说的是实话，我真的不曾看到李小莫和哪个同龄的朋友一同进出校门。她总是耷拉着脑袋，坐在教室的角落里，很少开口说话。即便放学，她也是等到楼道里的人都离开了大半，才拖着肥胖的大腿缓缓地起身出门。

课后，我骑着自行车在校园里呼来逛去，我希望能搜索到李小莫的影子。毕竟，她的学习成绩那么差，如果再落下这些课程，高考八成只能是重在参与了。

夏风徐徐的操场上，李小莫一个人在荒凉的跑道上大汗淋漓，我鼻子有点发酸。记得很早之前，班上有漂亮的女生说，激烈的运动可以减肥，我想，李小莫是把这话当真了吧。

我说："李小莫，你为什么不去上课？"她对我的提问置若罔闻，仿佛我就是块洁净的玻璃。我骑着自行车跟在她身后，许久之后，终于再次鼓起勇气说："李小莫，我可不希望我的同桌整天无故旷课！"

李小莫停下身来，瞪大了眼睛看着我，一脸茫然地问："谁？谁是你同桌？"我一脸讪笑地看着她，不语，她寻思片刻后，终于决定相信这个事实。于是，只好照旧耷拉着头，默然地跟我回到教室。

我从班上最为宝贵的黄金分割地，搬到了非洲贫民窟。原本在我周围的那一大帮同学无不忿忿地要找老师理论，说这样调动座位，太荒唐了。我起身制止了他们："没什么，我觉得挺好的，你们似乎都不知道我是远视眼吧？"

就这样，在一片惊呼与诧异中，我和李小莫成了同桌。

三

当我把一封粉红的信件塞到李小莫的桌洞里时，心里像揣了一只破笼的兔子。信中，我言不由衷地说："李小莫，其实你很漂亮。只要你敢于把头抬起来，我想我们就一定会成为无话不谈的好朋友，一起上课下课，早餐……"

李小莫看完信后，一整个早上都不曾把头抬起来。我沮丧极了，以为自己盲目的举动深深刺伤了李小莫，以至于她都不敢再抬头凝视黑板。殊不知，放学前五分钟，她却递给我一张淡蓝色的纸条："我们真会成为朋友？你不觉得我很丑吗？"

我欣喜极了，连最后一道函数题都没听进去，只沙沙地在纸上写下了一大段潦草的字迹："我们现在就是朋友，当然，前提得你愿意。我从来没有觉得你丑过，我很乐意和你一起上课下课，吃早餐。不知姑娘意下如何？"

看到最后一句，李小莫嘿嘿笑了起来，前排同学猛地转头，不明所以。他们和我一样，均是第一次听到李小莫的笑声。不到几个时辰，班上便有传言，我和李小莫早恋了。

原来的同桌跑来问我绯闻是否属实，我说："你都知道是绯闻了，还问？若评班上废话最多，最无聊，最懒惰的'三最'男生，我估计，没人抢得过你！"

我说话的表情异常严肃。课后，我恍然意识到自己的言语可能有些过激，即便我心存善意。我给他传了纸条，只写了一句话："知道李小莫那天为何旷课吗？因为你们评选'城中三最'的时候，她就站在门口。"

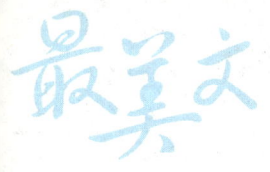

四

我跟李小莫真的成了无话不谈的好朋友。我帮她补习功课,教她演讲,写作文,以及自信满满地走路。偶尔,当我回过头猛然触及到她的双眼时,总能看到一些晶莹的泪花。

李小莫成了班上的风云人物。仅三个月,她的成绩便上升了20名。按照规定,有重大进步的同学,班级是有物质奖励的。

当晚,李小莫被班主任提名表扬,上台领奖。我坐在后排的椅子上,悄悄地跟她说:"一定记得把头抬起来哦!"她笑笑。那是我第一次看到李小莫自信满满地站在台上,台下有人在叫李小莫的名字。

"李小莫,你很善良!""李小莫,你很上进!""李小莫,你很勇敢……"一帮原本调皮的男生,此刻,一个接一个地站起来说优秀同学在自己心中的印象。当然,这个环节,在以前的班会中是没有的。

李小莫站在台上,情不自禁地流起泪来。班上没有一个同学笑她,只是默默地为她鼓掌。

我至今都没有告诉李小莫,那次座位的调动,并非班主任的意思;也没有告诉她,那些同学之所以那么热情和齐心,皆是因为我暗中召开了秘密会议。但这一切都不重要了。

窗外,流光遍地,夏花满树。李小莫站在教室的走廊上漫不经心地说:"原来,自卑的窗外也可以长满花丛。"我侧过头,读懂了在她眼中深藏许久的感激。

(原载《考试报》2014年第6期)

自卑是朵未开的花,需要用爱心浇灌,才能开出绚烂的花。

李宗吾怎样读书

文 / 小草

读书忌死读，死读钻牛角。

——叶圣陶

清末民初，有一奇人，冒天下之大不韪，发前人之未发，创立厚黑学，高声宣扬一部廿四史中的英雄豪杰，其成功秘诀，不过是面厚心黑而已，还引历史事实为证。

其言论一经公开发表后，一时间舆论哗然，备受争议。可是，耐人寻味的是，只能做不能说的厚黑学，竟然一版再版，至今仍畅销不衰。那么，这位神秘奇人是谁呢？想必大家已经知道，他就是名扬天下的李宗吾。

李宗吾生于满清光绪五年一个普通的农家。早年进成都高等学堂习数理，曾加入同盟会。民国初年，出任省审计院科长，官产清理处处长，后任富顺县中及绵阳省中校长，省督学和四川大学教授。他原名叫世全，又改为世铨，入学后就改为世楷，字宗儒，意在宗法儒教，信从孔子。

后来他发现儒教痼疾过多，遂改名为宗吾，表示与其宗法孔子，不如宗法自己。除《厚黑学》外，他还出版了《社会问题之商榷》《制宪与抗日》《中国学术之趋势》等十余部，可谓著作颇丰，影响甚广。在这里我们

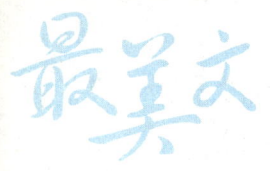

暂且不谈《厚黑学》及他的传奇人生，单说李宗吾怎样读书，或许我们从中可以得到某些启发。

李宗吾说他自己是个"懒人"，不好读书。其实，这是他的自谦之辞。试想，作为大学教授，又是学者的李宗吾，倘若不读书，那些渊博的知识从何而来？只不过他反对不得要领地多读书，读死书罢了。

他举例说：熟读兵书者莫如赵括，长平之役一败涂地；读书最多者如刘歆，辅佐王莽，以周礼治天下，闹得天怒人怨；注《昭明文选》的李善，号称书簏，而作出的文章就不通。

他还打个比方，大意是说，书这个东西，等于食物一般。食疗饥，但吃多了不消化，会生病；书读多了不消化，也会作怪，越读得多，其人越愚，古今所谓书呆子是也。

李宗吾读书有个特点，无论什么书，抓着就看，先把序看了，然后只看首几页，或从末尾倒起看，或随意在中间乱翻来看，或跳几页看，略知书中大意就了。如认为有趣的几句，他就细细地反复咀嚼，于是一而二，二而三，就思到别的地方去了。

从上述中我们发现，李宗吾很会读书。他并非像古人那样埋头苦读、多多益善，而是随手翻翻、只观大略、学思结合、举一反三。

李宗吾说他读书的秘诀是"跑马观花"。有人曾问他："你读书既是跑马观花，何以这《厚黑丛话》中，有时会把书缝里的细微事，说得津津有味？"李宗吾回答："说了奇怪，这些细微事，一接目即刺眼。我打飞跑时，曾见一朵鲜艳之花，即下马细细赏玩。有时觉得豆子大的花儿，反比斗大的牡丹更有趣味，所以书缝细微事，也会跳入《厚黑丛话》中。"

我们知道，中国的书浩如烟海，而一个人的精力又是有限的，即便是"跑马观花"，穷尽一生也看不完。但这种读书方式与"下马观花"或是"走马观花"相比较，"跑马观花"的可取之处在于，可以在短时间内获得所需要的大量的信息。

"跑马"的目的是为了"观花",这就是说,在读书的过程中并非"一跑而过",毫不留心,倘若遇到"刺眼之物"(也即重要的、有用或有趣的信息),就要"下马"看个究竟,"细细赏玩",然后把它铭记在心,以期学以致用。

(原载《语文报》2015年第6期)

> 读书不是照单全收,不是囊括全部,读书就像是一次从沙子里面挑选珍珠的过程,留下对自己有用的东西,拿来为自己服务。

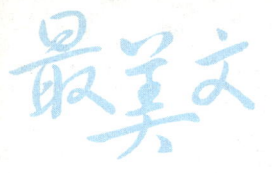

只有努力，没有奇迹

文/〔英〕瓦尔特·保科 庞启帆编译

  幸运的背后总是靠自身的努力在支持着，但如果自己松懈下来，幸运也就溜走了。

——罗兰

  科比教授的心那年特别狠。有人说是因为他花了十多年时间才完成的书稿没能通过出版社编辑的审查，也有人说他就是对学生厌烦了。然而，不管是什么原因，事实总是令人触目惊心：那年埃及史课全班63.6%的学生都没有及格。要不是我的运气好，那个百分率就该上升到65.4了。

  给我记忆最深的就是，他讲课快得吓人。谁记笔记的速度都赶不上他说话的速度快，特别是他激动的时候。我奋笔疾书，记得几乎是无法辨认的缩略语，但仍然有一半以上的内容记不下来。笔记不全，学习成绩就好不到哪里去。有一次考试，我竟得了38分，我明白，起死回生的惟一机会，就是把笔记记全些。

  考试成绩出来当晚，我努力想进入梦乡，哪怕是能将那让我伤心欲绝的分数忘记片刻也好。可是"象形文字"啦、"罗塞塔石碑"啦这类词语像万花筒一样在我脑中不停地转啊转。突然，我的脑子灵光一闪：干嘛不在笔记本上隔行留空呢？这样下课以后，我就可以回想授课的内容，把落掉的部分补上。为了表达对古人的敬意，我把这种方法称之为"奥西里斯计划"（奥西里斯是古埃及的法老，传说死后成为地界的主宰和死亡判官）。

第二天，我就开始尝试"奥西里斯计划"，没想到一试就奏效。刚开始的时候，上课的内容很难回忆起来，但是随着日子一天天过去，这种回忆成了一种游戏。我常常待在宿舍里，在不受干扰的情况下，模仿老教授讲课，并试着在不看笔记的情况下，尽可能地复述课堂的内容。

一天晚上，我在默诵白天上课的内容时，得到了一个重要的发现。为了使我的复述尽可能地流畅，我用了过渡性的语句，比如"我们已经讨论了霍弗拉法老获得重大胜利的主要原因，现在我们讨论一下次要原因。"

此时，我突然想起，教授从来没有把课上的内容分成主要的和次要的。然而，这些主要和次要的内容都整齐地排列，隐藏在看似滔滔不绝的语言中，等待学生们去发现。破解这个秘密后，我发现我的课堂笔记做得更好了，而且课后能够轻而易举地把每隔一行所缺的内容填上。

我试图让同学们和我一起分享这一发现，但他们总是说："把那些笔记都记下来，你也太傻了！坐着听听就行了嘛。"

考试前一天，我把自己假想为教授，站在他的角度拟出了10道题。拟好题目后，我再想象自己是在考场，结果，我花了4个小时答完了自己出的这10道题。最后，根据讲座和课本笔记评阅我的答卷，我高兴地发现，我准确地论述了所有史实和观点，我觉得我应该可以顺利通过考试了。但没过多久，我的高兴劲就消失得一干二净。我的生死存亡可都押在这10道题上了，要是教授不考这些，我岂不要完蛋？我心一横："反正现在再改也来不及了！"

第二天早晨，在去考场的路上碰到杰克后，我更加确信自己要倒霉了。整个学期杰克一直坐在我旁边，我没见他记过笔记，甚至连书都没见他翻过。我问他怎么不紧张，他告诉我说："这学期应该是考第四套题，会考各种历史事件时间、法老的名字、各个朝代、历朝的战争等等。"

"第四套试卷是什么？"

我估计，除了我，学校里没有人不知道科比教授备有5套试题（每套

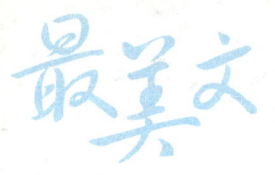

10个问题），5年期间轮换使用。尽管考完后他将每份试卷都收了回去，但绝没料到学生联谊会的组织能力如此出色。他们是这么干的：专门指定一组学生来记第一套试卷的内容，另外一组记第二套试卷，依次类推。学生离开考场后，凭记忆迅速将这些问题写下来，然后存入联谊会的资料库。这招挺绝，很多学生就这样得到了5套试题。

听完杰克的解释，我几乎晕倒。我知道，即使奥西里斯和太阳神都来帮我也无济于事了。

唉，我要倒大霉了。试卷一排一排地往下传，我听见考场里不断响起各种悲鸣："哦，上帝！""这次完啦！"我想大概是教授误发了第五套试卷，而不是大家预料中的第四套试卷。

试卷传到我手中的时候，我同样不由自主地倒抽一口气："哦！这不可能！"那就是我昨天自己出的10道题——顺序不一样但完全相同的10道题！怎么会有如此巧合的事？我相信那是百万分之一的几率。还有比我更走运的人吗？我恢复了镇静，开始奋笔疾书。

最后，科比教授给我打了A+，还写了这样一句话："感谢上帝让我在从教之年碰上了一个高材生！"我因此顺利拿下了学士学位。

将近30年过去了，我想我可以把这个藏在心底的秘密说出来了：这里有一个家伙能顺利拿下学士学位，完全是因为撞上了好运气。

（原载《做人与处世》2014年第18期）

好运气就是命运给你的奖赏，因为努力了很久，付出了很多，所以你才能成功。

师旷妙语劝说平公学习

文 / 张素燕

  现实是此岸，理想是彼岸，中间隔着湍急的河流，行动则是架在河上的桥梁。

——克雷洛夫

  春秋时代，晋国的国君平公，有一天对一个名叫师旷的著名乐师说："我已经是70岁的人了，再想学习恐怕太晚了吧？"

  师旷是个聪明人，他故意问："晚了，那为什么不把蜡烛点起来？"

  晋平公认为师旷很不礼貌，生气地说："我跟你讲正经事，你怎么能开玩笑？"

  师旷就认真地对他说："我听人家说过，少年时期就刻苦好学的人，好像早晨的太阳，前途无量；壮年时期开始刻苦学习的人，好像是烈日当空，虽然只有半天，可是锐气正盛；老年时期才开始刻苦学习的人，好像是蜡烛的光，虽然远远比不上太阳，但是比在黑暗中瞎碰乱撞，可要好上好多倍呢！"

  晋平公听了，连连点头称是。

  面对平公的疑问，师旷没有从正面回答，而是顺着他说的话"再想学习恐怕太晚了吧"？诙谐幽默地说："晚了，那为什么不把蜡烛点起来？"面对平公的又一质问，师旷顺势引导，巧妙地运用比喻的手法，把人生的三个阶段做了形象生动的描述和解释。从而让平公意识到，活到老，学到老。只要有目标，有恒心，有信心，有决心，不管多大年纪学习都不晚。

（原载《做人与处世》2013年第24期）

年龄不应该成为一个人发展的限制，更不能阻碍一个人前进的脚步。心有多大，舞台就有多大。

第四辑

大师的雅量

在名人中，能以闻一多这样坦白的胸怀，这样真诚的文字，忏悔自己，评价鲁迅，实为罕见。人一旦成了名人，面子和架子都大了，收不拢也放不下。明知自己错了，抑或闭口不谈往事，抑或硬着头皮顶下去。所以，闻一多能这样坦率地批评自己，乃谦谦君子，旷达宽宏，海纳百川，愈加令人敬重。

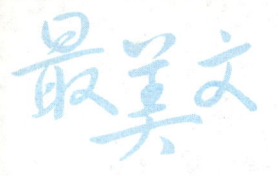

好文章是修改出来的

文 / 清露晨流

专注、热爱、全心贯注于你所期望的事物上，必有收获。

——爱默生

伊利亚·托尔斯泰，在写他父亲托尔斯泰关于创作《安娜·卡列尼娜》的过程时，写道：当《安娜·卡列尼娜》在《俄国导报》上连载时，十张长长的铅印打样被交给了父亲，他仔细检查，并改正错误。铅印打样被涂改成了大片的补丁，到处都是黑的。在被重新整理好之后，父亲看了"最后一眼"，然后打样又变得乱七八糟了。

整件事情就是重写，然后弄乱，"我只想再仔细检查一遍"父亲会说。然而，他会失去控制力，又把整本书重新改写。甚至有时候，铅印已经打样之后，第二天他突然会想起几个特别的词语，然后发电报加以改正。这样的重写反复了七遍，刊登在《俄国导报》上的小说连载便被中断，有时候它甚至会接连几个月都不发表。

"好文章是修改出来的。"上学的时候，老师一直这么跟我们说。但是现实生活中，急功近利的我们，匆匆写完一篇文章，就想见诸于报端。连伟大的作家托尔斯泰写文章都是反复锤炼，一改再改。相比之下，我们是多么的浮躁，多么的渺小。

也正是因为有了作家对写作的一丝不苟，精益求精的精神，才诞生了诸多流芳百世，永垂不朽的名著。

（原载《语文周报》2015 年第 8 期）

一件作品的创作过程，就像是作者与自己对话，正因为这样，才会赋予作品生命力；而读一本书，就像跟作者对话。

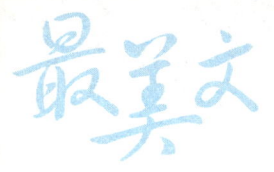

大师的雅量

文 / 崔鹤同

　　君子浩然之气，不胜其大；小人自满之气，不胜其小。

——明·薛萱

　　1912年3月，蔡元培就任中华民国教育总长后，无意中读到一个叫胡玉缙的人写的《孔学商榷》。由于内容生动、材料丰富、详实，引起了他的浓厚兴趣。他一连读了几遍后，便决定将其聘请到部中任职。于是，他指示下属官员起草了一封信。

　　胡玉缙在当时学术界还是无名小卒，他与蔡元培素昧平生，有蔡元培这样的大人物来举荐他，本应是感激不尽。可出乎预料的是，胡玉缙接到邀请信后，非但没有感激，还给蔡元培写了一封抗议信。

　　原来，问题出在蔡元培让下属写的信中的个别字上。信的全文是："奉总长谕：派胡玉缙接收（教育部）典礼院事务，此谕。"

　　按字面理解，"谕"和"派"两个字是上级对下级的，包含着必须服从的意思。而胡玉缙这时还不是教育部雇员，不存在上下级关系，因此他感到不是滋味。特别是"谕"字，本来是封建专制时代使用的一个"特定词"，所以，胡玉缙认为无法容忍。

　　蔡元培接到胡玉缙的抗议信后，内心深为不安。他立即给胡玉缙复信表示歉意，称"责任由我来负责"。

因部属拟稿用字失当，蔡元培主动承担责任，向人道歉。此事看似虽小，但从中折射出的这种律己不苟的高尚情怀却是十分可贵的。

胡玉缙被蔡的诚意所感动，欣然答应到教育部任职，后来成为著名的国学大师。

1922年3月4日，梁启超到北大礼堂作了一次关于《老子》成书年代问题的学术讲演，礼堂座无虚席，连窗台上都挤满了听众。梁启超在演说中认为，《老子》一书有战国时期作品之嫌，并诙谐地对听众说："我今对《老子》提出诉讼，请各位审判。"

不料几天过后梁启超真的收到一份判决书。这是一篇用文学作品的形式写成的学术论文，文中称梁先生为"原告"，称《老子》为"被告"，自称是"梁任公自身认定的审判官并自兼书记官"，以在座"各位中的一位"的身份"受理"梁先生提出的诉讼，进行"判决"。

其"判决"全文如下："梁任公所提出各节，实在不能丝毫证明《老子》一书有战国产品的嫌疑，原诉驳回，此判。"判决书的署名是张煦。

原来张煦（怡荪）当时就坐在窗台上，他听了不以为然，依靠自己从演讲现场匆匆记下的几页笔记为原材料，针对当时已名满天下的梁启超的观点，连夜撰文，逐一进行批判："或者不明旧制，或则不察故书，或则不知训诂，或则不通史例。皆由于立言过勇，急切杂抄，以致纰缪横生，势同流产。"文章洋洋洒洒，长达数万言，全文分析严谨、逻辑严密、材料充分。

写就以后，张煦将其寄给了梁启超，心胸宽阔的梁启超收到文章后，十分欣赏作者的才华，尽管并不同意作者的观点，仍然亲自为该文写了如下题识："张君寄示此稿，考证精核，极见学者态度。其标题及组织，采用文学的方式，尤有意趣，鄙人对于此案虽未撤回原诉，然深喜《老子》得此辩才无碍之律师也。"

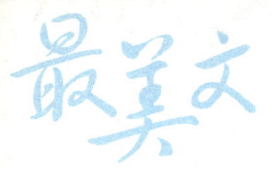

后来张煦的学术论文连同梁启超的题识,一起在《晨报》全文发表。

一个是血气方刚的青年,敢于向权威挑战,一个是学者风范,热情奖掖后学,文章一出,学术界纷纷传为佳话。

张煦因为研究《老子》和梁启超结交,此后至1935年,张煦先后担任了北京大学、民国大学、北京女子师范大学、清华大学讲师、教授,山东大学教授、中文系主任、校务委员,讲授《国文》《楚辞》《韩昌黎文》《文学专家研究》,开过《文学史》《古代汉语》《文字学》《梵藏修辞学》和《佛典翻译文学》等课程,终成著名藏学家、语言文字学家。

蔡元培和梁启超严于责己,宽宏大度,甘为人梯,提携后生,不愧为一代大师。

年轻时,闻一多对鲁迅缺乏好感,更谈不上敬重,他写信给梁实秋,标列"非我辈接近之人物",鲁迅首当其冲。但在1944年10月19日,昆明文艺界举行纪念鲁迅逝世八周年晚会时,晚会组织者对要不要请闻一多参加感到为难。因为闻一多过去被认为是"新月派",骂过鲁迅,请了他也不一定来,即使来了他也不便发表演说,但是不请他又不好。于是组织者派人去和闻一多商量,征求他的意见。闻一多听后,马上表示一定要参加,还要演讲,同时又主动帮助去请别的教授。

在纪念晚会上闻一多发表演讲之前先回过头去向悬挂着的鲁迅画像深深鞠了一躬然后说:"现在我向鲁迅忏悔:鲁迅对,鲁迅以前骂我们清高是对的。他骂我们是京派,当时我们在北京享福,他在吃苦,他是对的。当时如果我们都有鲁迅那样的骨头,哪怕只有一点,中国也不至于这样了……骂过鲁迅或者看不起鲁迅的人,应该好好想想,我们自命清高,实际上是做了帮闲帮凶!"

由于激动,闻一多停顿了一会儿又接着说:"时间越久,越觉得鲁迅先生伟大。今天我代表自英美回国的大学教授,至少我个人向鲁迅先生深深地忏悔。"

最后他回身指着鲁迅画像旁挂的对联"横眉冷对千夫指,俯首甘为孺子牛"时又说:"有人曾说鲁迅是'中国的圣人',就凭他的这两句话也是当之无愧的。"

在场的师生听后无不钦佩闻一多这种勇于剖析自己的精神。

在名人中,能以闻一多这样坦白的胸怀,这样真诚的文字,忏悔自己,评价鲁迅,实为罕见。人一旦成了名人,面子和架子都大了,收不拢也放不下。明知自己错了,抑或闭口不谈往事,抑或硬着头皮顶下去。所以,闻一多能这样坦率地批评自己,乃谦谦君子,旷达宽宏,海纳百川,愈加令人敬重。

(原载《杂文选刊》2015 年第 9 期)

君子坦荡荡,小人常戚戚,没有什么比活得真诚更令人尊敬的了。

大师的善念

文 / 春秋

> 鞠躬尽瘁,死而后矣。
>
> ——诸葛亮

国学大师钱穆,在中小学教书时,认为考试分数没有明确的标准,只是用来区分学生成绩的优劣。因此,改卷时分数过八十就算高分,极少有在八十五分以上的。这样的话,一个班肯定有低于六十分以下的学生,分数不及格可以给一次补考及格的机会。他也把这个经验,运用到燕京大学的教学中。

钱穆刚到燕京大学时,教授两个班的国文,新生和二年级各一个班。一次月考时,他照例给了几个学生不及格。学生告诉他,按燕大的规定,新生月考不及格就必须退学。

钱穆见学生有来自福建、广东等地的,上了一个月就要退学,他们能到哪里去呢?因此,他赶紧到考务办公室索取考卷,想更改分数。对方说学校没有这样的先例。他说"我是今年新来的老师,不知道学校有这个规定,否则新生月考决不会给以不及格的分数。"

对方说:"此乃私情,你现在不知道学校的规定,所批分数可更见你的公正无私。"

钱穆说："我一人批分数是我一人之私，学校不能凭我一人之私以为公，我心有不安，一定要取回另批。"

对方十分为难，与校方商量后才表示同意。最后，钱穆取回试卷重新批过，再报到学校，因此新生就没有退学的了。

著名历史学家、教育家傅斯年，1949 年任台湾大学校长。作为校长，他首先想到的是如何发掘到高才生加以鼓励。他特意举行全校作文竞赛，颁发奖金。他亲自出题阅卷，看到好文章就约作者面谈。有一次他看到一篇好文章，极为欣赏作者的文才。在两人谈话时，他了解到该生家境贫寒又患深度近视，就问他为什么不戴眼镜，该生默然不答。

1950 年 12 月 20 日，傅斯年患脑溢血去世。没几天，卫生署的刘瑞恒来到他家，交给傅夫人俞大彩一副眼镜。俞大彩问是怎么回事，刘瑞恒说是傅斯年专门托他到香港为一个学生配的。俞大彩接过眼镜，说要给钱，对方连连摇着双手说："不用了，孟真早已付给我了！"这是傅斯年为学生办的最后一件事。

著名思想家、教育家蔡元培，1901 年在上海南洋公学教书，他经常向学生灌输革命思想，因此学生动辄批评时政，对清廷表示不满。学校当局唯恐被政府取缔，就下令严禁学生谈论时政。

一些学生为了表示抗议，竟愤而退学。外地学生离校后，住在小旅馆中，几乎无法生活，他们便派代表向中国教育会求助。蔡元培、吴稚晖等老师是中国教育会的主要成员，当时就接受了学生的请求。蔡元培自告奋勇，四处奔走找好友贷款。

当他准备去南京时，他的长子还生着重病。蔡元培为了不让二百多个学生饿肚子，不顾爱子病重，毅然启程。全校师生十分感动，纷纷送他到轮船码头。正当大家挥手告别之际，蔡家的佣人气喘吁吁地赶来，高声大喊："先生！大少爷不行了，你赶快回去！"蔡元培心如刀绞，含泪启程。

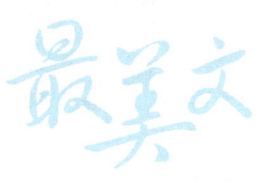

三天后，蔡元培带着一千多块大洋回到上海，暂时解决了学生的伙食问题，但是他再也看不到爱子了。

三位大师不仅治学严谨，学识渊博，诲人不倦，而且心地善良，爱生如子。其文品人格，高风亮节，堪为楷模，为后人所仰慕。

（原载《做人与处世》2014年13期）

既然做不到大师的学问，那就学习大师的精神，学不到精神，那就请学习大师的生活态度吧。

赤橙黄绿是生活

文 / 小菁

　　生活的乐趣取决于生活的本身，而不是取决于工作或地点。

　　　　　　　　　　　　　　——爱默生

　　冬日的下午抑或夏晨，京城，常常可见一个人，衣着朴素，穿行在大小的书市，进去，出来，夹了三五本书，回家摆上书柜，"最近，新进的书都快满一格了！"他搓搓手，满足地说……

　　"真幸福呐！"我悠然神往，"这很正常，我身边的朋友几乎都这样。"他不以为然，"还得再去买，要不有一些看上的书会折磨我，一定要把它们买回来！"

　　不几天，这个人和他的书，又伴行在回家的路上，那书与屋，又飘散出纸墨的香。

　　这个人，在离我很远的地方，可是有一天，他突然出现在我面前："小菁，我在博客上看了你的文字，所谓文如其人，我就以文看人吧。一、你是性情中人，敏感而细腻；二、你喜欢文字，特别是散文类，这与你的思维结构有关系。你感觉丰富，这样的文体正好适合你；三、你的外表和内心是矛盾的，外表看似有些冷，其实内心火热；四、矛盾的地方还不仅于此，表面看你做事一板一眼，很有章法，一般人会觉得你很有主见。其实，你

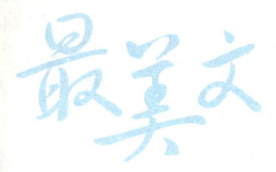

经常缺少自信（抱歉）；五……"那一刻，我产生一种错觉，这人，难道是我的一个熟人？又或者，是我的哪位亲朋？好熟悉的陌生人。之后，每好奇问起此事，他都只淡淡说了两字：感觉！

"话不在多，关键是言之有物。"他说。所以他总是沉静、少语，可一聊起文字，就变得滔滔不已："小菁，我完全被你浸透于文字中的真诚和你对文字的执着所感动，我有预感，你一定会成为一名好作者！"

心头窃喜，耳边却掠过这样的冷语："你有自己的天赋，有许多别人没有的东西，可是有时候没有章法，显得有些'疯长'。你需要越一个坎，把文章写得平实些，把人物写好，就特别好看！"

"你需要我这样一个读者，但是要有承受力，我是冷的。"

果真，新文一成，他就来对我说："看了，顽疾依然。'婉约'和'悱恻'都是你写上去的，与女人无关。不是你说她看纳兰词，就'婉约'了，也不是你写她在月夜下徘徊几圈，就'悱恻'了。'文是人样子'，情调一定是文中人行为举止的凝练，感觉一定要留给读者去品味。小菁，不能这样为文，太虚了。苛刻，见谅。"

我那时有点像《藤野先生》里鲁迅挨了先生批的情形，口里答应着，心下却想，文我写得还是不错的，至于道理呢，我自然知道，就和他争辩："读者非得亲眼看到吗，他们不能直接进入我的情感世界吗？"

"读者是神仙吗？你说一句'我很激动'，他们就能想象你激动的样子？你说一句'我非常悲伤'，他们就能看见你泪流满面？因为是你的感受，光靠虚词和句子，读者感觉不到！我说100遍了，你不要去总结，就写具体的事情经过，就写细节、画面！！"

"好作者，都是把虚词化作具体的景色和情境，蹩脚的作者才将精彩的场景用虚词来概括！特别拙！""记住：你把画面交给读者，你就完成你的任务了！"

他稍稍停顿，又说："小菁，有时间多看看书，不要忙着写东西，积累多了，感觉自然不一样，要不总觉得自己单薄。看看人家怎么写的，琢磨琢磨，你的文字，有时用的劲不对，比较硬，要注意柔韧。"

我有些疑惑，又惭愧，这么多年了，早不看书了，况且从哪儿看起呢，书那么多……

"不能不看，很多人拿时间来说事，翻几页书的空都没有，那该有多忙啊？！"

"我给你推荐几本书，我想想，给你列个书单子，让你闷头看一阵。"

"老师布置作业了！"我偷笑。

他不笑，严肃地说："是！"

"不能急功近利，如果你希望文字纯净，心就要安静！"

是的，静下来看，沉下来看！他让我明白，读书、写作是人们的一种生活方式，它存活于人们的日子里，天天读书，天天生活！

赤橙黄绿是生活；酸甜苦辣是生活；读书、写作是生活；听曲、看片是生活……

他说："书和碟是我生活中的最大消费，我有几千张碟，听了20多年音乐，这些，便是一个世界！每每看着，便觉得生活的美好！"

他有些沉醉："你知道喜欢是什么概念吗？就是没有不行！我反复地听，去大学给学生讲，到电台客座当主持。有外国乐团来演出，期刊会约我预先写稿子介绍演出的曲目。电影，也是这样，比较投入地看，从导演到摄影，体味妙境。"

我禁不住赞道："大哥，您可真算得上一位高人！"

"高人？没有，只有勤奋之人。"他很快回答。

随即又来一句："不是高人，而是喜爱生活之人！"

偶尔，他会打来电话说："小菁，忽然想念起你请我吃过的猪肚包鸡了。"隔一会儿，又来："好吃！真好吃！感觉那鸡的香气，直穿过话筒钻进鼻子了。"每逢这时，他就"原形毕露"话突然多起来："小菁，我要去

你们那呢,不为风景,我要去吃小吃,排档那种……"

我想起他说过,新买了本汪曾祺的散文集《五味》,笑他:"大哥,发现你特别喜欢谈吃的文章呢,汪曾祺的文字散淡、有味,是吗?"他呵呵笑,却又正色,说:"你去看看,几乎所有的大师都有自己谈吃的文章,我喜欢汪的文字,不仅仅是有味,那更是千锤百炼的文字,大师之笔。"

民以食为天,我知道,这些早在他的文字间,"小时候,姥姥从老家来,曾经给我们做过这道鲶鱼炖茄子。记得菜端上来,喷香扑鼻,引得我和妹妹没了规矩。大人还没就位,我俩就你一筷子我一筷子地享用起来";连声都有,"吃食好还得会吆喝,正月十五卖元宵,吆喝出来极豁亮:'筋道嘞滑透,桂花味的什锦馅的元宵啊,刚出锅的嘞!'",朴实、悠长、醇厚、回香,这些原本就是生活的味道。

这人,俗得可爱,雅得可敬;有时可畏,却又可亲……

这么絮叨的时候,就看到他从书中抬头,皱眉:"小菁,你又忍不住跳出来了,千万别自己去说,记住:就写画面,写生活!"

(原载《考试报》2014年第6期)

> 每个人都有自己的生活态度,只有亲近生活的人才是可以谈态度的。

孩子为什么输不起

文 / 张宏涛

什么是失败？无非是迈向更好境界的第一步。

——温迪尔·菲利普斯

13岁的儿子尘尘迷上了下棋，朋友来访时，他便邀朋友和他对弈，朋友欣然答应。十分钟后，朋友将尘尘杀得都快成光杆司令了，没想到这时尘尘突然站起来，怒气冲冲地将棋盘摔到了地上，然后充满恨意地瞪了朋友一眼，自个儿去了卧室。

我和朋友都目瞪口呆，我很尴尬，这小子怎么这么不争气？平时，他和小伙伴们玩的时候，有时也会因为输不起而闹别扭。可毕竟都是孩子，我没觉得有什么不好，相反觉得他这是争强好胜的表现，不是坏事。可今天的事情让我意识到自己错了，这么一点挫折就让他恼羞成怒，怎么可能跟别人处好关系？怎么可能成功？

我非常郁闷，朋友见状，反而安慰我说，孩子恼怒其实是人之常情，很多成年人，甚至老人，在输棋的时候，同样会恼怒，只是没表现得这么明显而已。朋友的话让我稍微心安，可是他一个小屁孩输在成人手里，不是很正常吗？他为什么输不起呢？这是他的本性，还是受我的影响呢？我可从来没要求他必须赢棋啊？

朋友说，胜败乃兵家常事，下棋的乐趣不在于最后的输赢，而在于过

程中的奇妙无穷。过于重视结果，就会忽略过程本身的乐趣。这跟平时的学习也是一样的，最重要的是怀着兴趣去学习，并在这个过程中体验到学习的乐趣，真正掌握所学的知识，考试结果反而并非最重要的。考试结果只是检验我们学习中的盲点，通过考试，我们发现自己的不足，再弥补。把考试结果当成学习的目的，是本末倒置，而且很容易让孩子产生挫折感，不敢去面对，还会让孩子厌学。

朋友的话提醒了我，我是没要求他下棋必须赢，可对于考试成绩，我却过分在乎了。我总要求他尽量考满分，成绩稍不如意，我就会骂他笨，还常拿成绩好的同学和他对比，这才让孩子有了功利心，才会对下棋等一切活动都特别看重结果，才会对赢了他的人愤怒，才会输不起。

所以，要孩子战胜挫折的第一个原则是：父母先放下功利心，不要太看重结果。父母不以成败论英雄，不拿孩子和别人比，孩子才能坦然面对挫折，才不会嫉恨胜利的一方，并感谢对方让自己发现了差距和不足。因为跟臭棋篓子下棋，水平会越来越低；跟高手过招，虽然会输，但能学到的东西更多。如此孩子就能真正重视过程，带着乐趣在过程中学习。成长比成功更重要。

朋友又讲到他儿子的故事，有一次，他五岁的儿子哭着说，再也不跟小伙伴们玩了，因为他在掰手腕的比赛中，得了倒数第一，他觉得很丢脸。朋友告诉他，输了不丢脸，输不起才丢脸。虽然这次输了，但只要好好锻炼身体，力气就能慢慢变大，将来就未必会输。再说，每个人都有擅长的东西，兔子和鸭子比游泳，肯定会输，可比赛跑，就能赢了。

他儿子平时常和他一起跑步，听到这里，就蹦蹦跳跳去和小伙伴比赛跑步去了，果然取得了好名次，也不再沮丧了。

朋友的话再次让我感慨：战胜挫折的第二个办法：让孩子明白每个人各有擅长的东西，一个人不可能什么都比别人强，也不会事事不如人。如此便能看淡挫折，同时明白只要持续地努力，很多挫折都只是暂时的。

朋友又说："不管是大人还是孩子，在比赛中，当然都是想赢的，输了都会有些不高兴，这是天性。我们要接纳孩子的负面情绪，不要去改变孩子的情绪，但我们可以引导孩子将心比心，用更积极的行为来释放自己的负面情绪。比如，输了，不高兴了，可以一个人静一静，可以写日记，可以要求对方再来一盘；还可以有大将风度，真诚祝贺胜利的一方，等自己实力够了再向对方挑战。总之不要通过动手或瞪眼等方法来发泄负面情绪。这也不局限于输赢上，人生都难免会遇到挫折，都会遇到很多不开心的时候。如何用让人能接受的方式发泄负面情绪，是很重要的功课。"

朋友离开后，我敲响了儿子的房门，我要用讲故事的办法，把我刚刚领悟到的几个道理讲给他听。

（原载《语文周报》2014年第9期）

人对于胜负的渴望大于事情本身，对孩子来说，避免这种错误的认识，比赢得比赛更重要。明白输赢是常态，才能更好地接受失败。

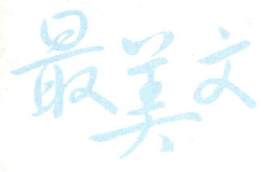

《小时代》引发的战争

文/阮小青

世间最难得者是兄弟。

——程允升

一

严少宇要打何文东！这消息一出，班里顿时引发轩然大波。谁都知道，平日里，严少宇跟何文东好得可以穿一条裤子，昨天俩人还说周末要一起去看郭敬明导演的《小时代》，怎么才一天就忽然冒出这么不可解的深仇大恨？

传消息的人，跟严少宇关系不错。他也咬定，这话是严少宇亲自说的，具体原因，尚且不明白。听完之后，所有人都一头雾水。

别说在班里，就是在全校，何文东也是赫赫有名的人物。当初这所学校扩建操场和校舍，何文东他爸可是一次性捐了三百万。正因如此，成绩天天倒数的何文东才能坐在风水宝地和严少宇这样的尖子生成为同桌。

严少宇是特困生，这谁都清楚。他每年的学杂费都是靠奖学金挣的，而奖学金的设立者，不是别人正是何文东他爸。

其实很多时候，大家都搞不明白，为什么严少宇跟何文东能玩在一起。俩人不管是家庭背景还是学习成绩，都有着天壤之别，真不懂他们之间有什么共同话题。

不过严少宇要打何文东这个事情，好像是越来越真了。现在的时间是早上 11：15，第四节课是班主任的课，何文东至今没有出现。要知道，这小子虽然成绩倒数，却从不无故缺课。

下课时，班主任刚走出教室，严少宇就做了一件让全班同学目瞪口呆的事情——他竟然把何文东的课本全部扔到了教室角落的垃圾桶里！

大家都被这突如其来的一幕吓坏了，同学两年，还没见严少宇发过这么大的火。

看来，严少宇跟何文东这场架是在所难免了。

二

下午，何文东还是没来。

整个学校都传疯了，大家都在四处打听，他俩到底发生了什么事情，竟然会让嚣张跋扈的何文东怕得不敢来学校。

其实按照正常逻辑来推理，严少宇是说什么都不敢动何文东的。想想啊，他要真打了何文东，别说记个大过，开除都有可能。再说了，就是不开除，奖学金也肯定没了。怎么想，怎么算，都是赔本的买卖。

下午第一节课刚下，眼保健操的音乐还没响起，教室的广播就传来了校长的声音："243班严少宇，243班严少宇，赶紧来教务处一趟！赶紧来教务处一趟！"

教室里，所有目光都盯向了严少宇。大家心里满是问号，是不是何文东他爸已经知道严少宇要打他儿子了？严少宇去教务处是不是要被狂打一顿？

严少宇刚进教务处，门口就围上了一堆人。

"这是不是你的字？"校长冷冰冰地问。

"是的。"严少宇低着头。

"你知不知道我们学校的校规第一条是什么？禁止谈恋爱，禁止谈恋爱，我每个星期都在大会上说，你听不进去吗？"

"校长，这字虽然是我的，但这信不是我写的！"严少宇急得差点掉

眼泪。

"字是你的,信不是你写的,这什么逻辑?告诉你,这封信,可是刘翠同学亲自交给我的!你成绩那么优异,本该把心思花在学习上,怎么能这样呢?太让我失望了!"

严少宇还没从教务处出来,学校就一片沸腾了。

这神秘的刘翠是谁?一经查探才知道,原来是隔壁班最丑的女生。

三

"听说没?严少宇追刘翠耶!这小子,估计是读书读傻了。更离谱的是,他竟然在信里约人家去电影院看《小时代》哦……"

严少宇一下子成了全校学生茶余饭后的谈资。事实到底是怎样呢?是另有冤情,还是说严少宇真的写信追刘翠?

严少宇给何文东打的电话,足以说明一切。

"何文东,我把你当兄弟,当最好的朋友,你怎么能这么耍我?你说你喜欢刘翠,说她朴实、善良、不与人争。你要我帮你写情书,好,我帮你写了,但你怎么能把我写的这个情书落上我的名字交给刘翠呢?现在好了,她把信直接给校长了……最好别让我看见你,否则我一定砍了你!"

"宇哥息怒,息怒,你听我解释啊,我当初想的,不过是个恶作剧而已。你不是约我去看《小时代》吗?记得不?你明知道我不喜欢郭敬明的,你还非得让我陪你去。于是我就想啦,不如恶搞你一下,把电影票给刘翠,到时候让刘翠坐你旁边陪你看《小时代》。可谁知道,这以貌惊人的刘翠,竟然会出这一招!冤枉啊,宇哥,我真的没有害你的意思……"

"那你跟你爸说,这个事情是你一手搞出来的,让他来跟校长说明。"

"宇哥,你又不是不知道我爸的性格,我天天倒数,我爸就够丢脸了,就因为我从不逃课,所以他暂且忍着我,给我活路。要让他知道我弄这么个事出来,他非斩了我不可!"

听说严少宇跟何文东在学校对面的奶茶店打了一架,是真是假没人看见。只是第二天,两人都是鼻青脸肿地来学校的。

严少宇被老师调到了后排,而学校也在观察他近期的表现,考虑是否需要处分。

四

严少宇跟何文东说,以后就算死,也不会要他爸设立的奖学金。何文东急了:"你不要这钱,你哪来学费?你疯了吧!"

严少宇倔起来的时候,十头牛都拦不住。他不知从哪儿搞了辆破自行车,一有时间就在学校和大街上晃悠,捡各种瓶子驮去废品收购站卖。

何文东气得不行,但也没办法。他原本以为,严少宇不过是为了出口气而已,过段时间肯定好起来,可谁知道,这小子是真疯了。期中考试在年级前五名者,都会有一千块的奖学金。当然,老规矩,这钱还是由何文东他爸出。

严少宇跟那些大牌明星一样的,还给自己来个现场炒作。不但拒领这份奖学金,连何文东他爸授予的奖状也不要了。

何文东觉得严少宇的脑子肯定烧坏了,要是不给他点颜色看看,他都不知道自己是谁了。于是,何文东雇了两个低年级的学生,成天没事就去单车棚给严少宇的自行车放气。

严少宇载着大堆的矿泉水瓶,呼哧呼哧地推着走。

连续几天都这样,严少宇早就发现事有蹊跷。明明好好的自行车,怎么天天都没气呢?

体育课,严少宇蹲在单车棚后面,透过小缝往里看,准备守株待兔。

也不知是哪根筋不对,何文东今天竟然自己亲自前来。

结果可想而知,他的钉子还没戳进轮胎里,就被突如其来的一脚踢翻在地了。

何文东虽然自知理亏,但面对如此大辱却毫不退让,站起来就是一记飞拳呼在严少宇脸上。

俩人在单车棚里扭打得噼里啪啦，最后是学校保安出面，才把他们拉开。

严少宇还没过观察期就公然动手殴打同学，影响极其恶劣，虽然其成绩优异，但绝不能因此姑息，所以，学校决定给予记过处分。特此通报，望全校学生引以为戒！

五

几天后，何文东在给严少宇的道歉信里说："哥们儿，这都是《小时代》惹的祸。你明明知道我不喜欢郭敬明，还硬要逼我去看他导演的电影。你说，如果你不逼我去看《小时代》，那我就不会把你的信交给刘翠。我不把你写的信交给刘翠，刘翠又怎么可能交给校长？校长没有收到这封信，又怎么可能责罚你？我们又怎么可能闹到今天这个地步？哥们儿，罪魁祸首，都是你的《小时代》啊！"

严少宇没回信，这么大的委屈憋在心里，任谁都不会善罢甘休。严少宇仍然骑着他的破自行车到处捡瓶子，只是，再没有人去戳他的轮胎放气了。

从某种程度来说，严少宇走成现在这个样子，责任几乎都在何文东身上。如果他勇敢一些，说出真相，事情也许远远不会那么糟糕。何文东不愿承认，就算严少宇说出来，也于事无补，毕竟信上的每一个字，都是他亲笔写的。

严少宇算过一笔账，要把下学期的学费凑够，每天至少要捡一百个塑料瓶子。

离开严少宇，何文东很快有了新朋友，成天在学校里嘻嘻哈哈，好不开心。可是，没人知道他心里的难过。好多次，他都想和严少宇一起捡塑料瓶子，但始终没有弯下身的勇气。就好比一个月前，他没有主动承担错误的勇气一样。

去鱼塘边游走的师生不少，在那儿总是很容易捡到几十个可乐瓶子，严少宇几乎每天都要去那儿转一转。

严少宇为够一个鱼塘里的可乐瓶子不小心掉下去的时候，何文东正在篮球场上挥汗如雨。

有人在鱼塘那边大喊："有人落水啦！有人落水啦！"

何文东原本是抱着凑热闹的心情过去的。

鱼塘周围，站了不少学生，却没一个敢下去。

何文东看到了那双在池塘里扑腾的手，左手上的那条手链，是他送给严少宇16岁的生日礼物。

不知从哪儿来的勇气，何文东竟然一个跃身跳进了池塘里。跳进池塘之后，他才想起，原来自己也是一只旱鸭子。

见义勇为的壮举，立马变成了泥菩萨过河。

何文东只能屏住呼吸，不停地把手伸出水面求救，这是唯一的办法。

他感觉自己正在慢慢往下沉，力气也逐渐消失。他憋足了气，不敢张开嘴巴，他知道，只要呛到一口水，他立马就会失去知觉。

几十秒的等待，忽然像几年一样漫长。

在被体育老师救起的一刻，何文东看见严少宇爬在鱼塘边吐得翻江倒海。

严少宇被呛得两眼通红，他瞅了一眼何文东，断断续续地说："咳……咳……你……你……不会游泳……咳咳……跳…跳下来干嘛？想死啊？"

何文东苦笑一下，从容地道："小子，我今天刚买了两张《小时代》的票，我是怕你死了没人陪我看，懂不？"

说完后，他们抱在一起，哭了。

（原载《少年大世界》（C版）2013年第10期）

那时候，我们好得可以穿一条裤子，睡一个被窝。没有什么能把我们打散，哪怕是矛盾。那个时候，真好。

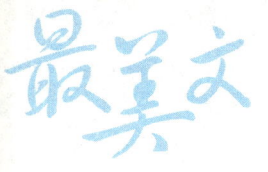

学习是一种能力

文 / 好彩自来

> 在寻求真理的长河中，唯有学习，不断地学习，勤奋地学习，有创造性地学习，才能越重山跨峻岭。
>
> ——华罗庚

学习无论是对人还是对动物而言，最初都是一种本能。所不同的是，前者是有意识地去学习，而后者则无此意识。

雏鹰学习飞翔，羚羊学习奔跑，虎豹学习捕食，这种能力的获得都是自发的学习行为，只是为了生存的需要，体现了"物竞天择，适者生存"的自然法则。

而人从自然界进化出来以后，就有了自觉的学习意识。学习不再是自发的行为，也不仅仅是为了填饱肚子，更多的是为了认识世界，拥有掌握和驾驭自然界客观规律的能力。正因如此，人类才具有顽强的生命力，繁衍下去，生生不息。

学习对于人来说，是一种非常重要的能力。一个人若要在社会上立足，就必须具备一定的学习能力，否则将会被淘汰，无所作为，甚至连生存都成问题。

大凡成功的人，最显著的特征是具有较强的学习能力，不断地用知识弥补先天的不足，积累经验，发展智力，增益其所不能，才能成就一番事业。

然而，学习能力的获得，首先来自于我们主观上对学习的正确和深刻的认识。有的人对学习持不以为然的态度，认为不学习照样能赚钱，甚至还嘲笑那些爱学习的人。这样的观点是片面的，原因在于，赚钱也是一种能力，倘若不学习，怎能有那赚钱的本事呢？他们的这种说法岂不自相矛盾？所以，一个人只有对学习产生正确的认识，才能主动地去实践，获得他成长所需要的各种能力。

学习能力的获得并非是轻而易举的。学习本身就是一项艰苦的劳动，这过程要经历许多困难和挫折，就像小孩子当初学走路那样，免不了要摔几个跟头，之后才能走得平稳。

学习能力的获得也不是一蹴而就的。俗话说："一口吃不成胖子"，学习也是这样，需要长期不懈地坚持，循序渐进，日积月累，程颐说的好"学至气质变化，方是有功"。

（原载《语文报》2014 年第 19 期）

学习是一个追索的过程，就像是去攀爬一座高山，总得跌倒几次才能到达。

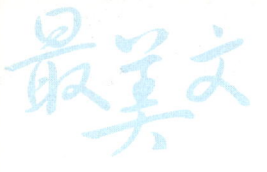

林非先生的读书心态

文 / 犟松

> 钻研然而知不足,虚心是从知不足而来的。虚伪的谦虚,仅能博得庸俗的掌声,而不能求得真正的进步。
>
> ——华罗庚

林非先生是我敬重的学者、散文家。作为学者,他著作颇丰,已经出版了《鲁迅前期思想发展史略》《鲁迅小说论稿》《中国现代散文史稿》《文学研究入门》等多部学术论著;作为散文家,他创作了《访美归来》《绝对不是描写爱情的随笔及其它》《林非散文选》《林非游记选》《中外文化名人印象记》等多部文学作品。2002年高考语文试题还选用了他创作的散文《话说知音》,让人们记住了他的名字。林非先生迄今为止已出版了30余部著作,成就斐然,这与他酷爱读书是密不可分的。

林非先生从幼年起就开始读书,一直读到现在的耳顺之年。这期间他经历了人生许多的艰辛和忧患。但是,无论命运发生怎样的曲折和变故,他从来都没有间断过读书。比如说,他在地震中读书,他在"史无前例"的岁月里囚屋夜读和牛棚背诗,这种苦读的毅力和精神令人钦佩和感动。

林非先生读书涉及的范围十分广泛,政治的、经济的、法律的、社会的、历史的、文化的书无所不读。他读中国的书籍,像《三国演义》《论语》《诗经》《二十四史》《儒林外史》《明夷待访录》《鲁迅全集》,等等;也读外国的书籍,像《社会契约论》《贝多芬传》《思想录》《马克思恩格斯全集》《精神分析引论》《论法的精神》，等等。可以说，古今中外的书他读了不少，也正是因为读书，才使他成为了学者和作家。他太热爱读书了，就像是一个饥肠辘辘的人一心扑在面包上。他表示，还要继续这样地读下去，一直读到生命的最后一天。读书已经成为他生命中的一部分。

纵观世人读书，虽所持心态各异，但不外乎以下种种，有的是为了"颜如玉""黄金屋""千钟粟"；有的是为了训诂释词、堆砌炫耀、消遣解闷；有的是为了找份好工作、升官发财、光耀门楣。那么，林非先生矢志不渝地读了一辈子的书到底是为了什么呢？或者说，他是抱着怎样的心态读书的呢？

当我再一次翻看林非先生赠予我的《读书心态录》这本书时，我在他写的这本书的《后记》中找到了答案。他这样写道："读书应该是为了从大量的文字材料中寻求必然的规律，对历史和时代得出更为深刻的认识，获得许多具有独创性的发现，从而极大发展前人认识世界的成果，推动科学、文化与整个社会的向前迈进。"

由此可见，林非先生读书的出发点与别人不同，他读书并不是单纯地为了求知，而是想去印证和观察面前的社会，想去寻觅与探求理想的人生。他长期思考着的就是如何在自己民族的土地上，建立一种合理和健康的现代文明秩序。因此，他正是怀着此种心态去读书的，并且准备在有生之年，尽量再扩大自己阅读和思考的范围，直至读到生命的最后一天。

（原载《语文周报》2013年第22期）

大山不辞细壤，方能成其高；大海不拒小流，才能成其大。

一个博览群书的人，整个身体都将化为智慧。

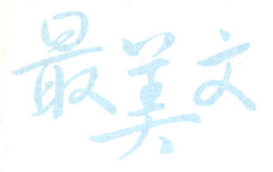

梁实秋的"钉子精神"

文 / 姚秦川

> 伟大的事业根源于坚韧不断地工作,以全副精神去从事,不避艰苦。
>
> ——罗素

1937年,34岁的梁实秋做出一个惊人的决定:他打算翻译世界名著《莎士比亚全集》。所有人都知道,这项工作的艰苦程度不言而喻,做不好就会遭到他人的嘲笑。不过,对于一心想做出点实事的梁实秋来说,他觉得,这项艰苦的工作既是一个机遇,也是一个挑战。

梁实秋认真分析了一下当时的情况,他认为如果光靠自己一个人翻译,不知哪年哪月才能完成这项工程。思来想去,他打算找到几个志同道合的人一起来做。

很快,梁实秋物色了另外4个人和他一起进行翻译工作。那4个人分别是闻一多、徐志摩、陈西滢和叶公超。梁实秋心里盘算,他们5个人,最少6年,最多用不了10年,便能翻译完《莎士比亚全集》。

然而,由于种种原因,那4个人都没有干多长时间,很快便一个个先后退出了翻译小组的队伍。最后,只尴尬地剩下梁实秋一个人。

面对这种窘境,梁实秋思前想后,觉得既然自己已经做了决定要翻译《莎士比亚全集》,所以不管别人怎么样,反正自己不能当"逃兵"。这样想过之后，梁实秋便决定一个人把责任全承担下来。

就这样，梁实秋开始废寝忘食地工作起来。在抗战爆发前，他顺利地完成了 8 部莎翁剧作的翻译工作。"七七事变"后，为了躲避日寇的通缉，梁实秋不得不逃离北京，在极其艰苦的环境下继续进行对莎翁剧作的翻译。

抗战胜利后，梁实秋回到北京，在北京师范大学任教，课余之暇，他依然坚持莎翁剧作的翻译工作。终于，到了 1967 年，由梁实秋独自翻译的莎士比亚全集 37 部作品的中文译本全部出齐，在国内学术界引起巨大轰动。

对于取得的成绩，梁实秋看得很淡然。他回忆说："我翻译莎氏，没有什么报酬可言，长年累月，其间也很不得到鼓励……说实话，我只是做了自己想做的一件事情而已。"梁实秋的一番话，曾让许多人听后感到心酸。

梁实秋的成功，得益于他对这一工作的执著精神，得益于他一心一意地投入，更得益于他那种肯吃苦钻研的"钉子精神"，从而获得学术大师的美誉。其实，做任何事情，都需要投入。要想成就大事，更要锲而不舍地投入。

窃以为，能够被称为大师的人，不管是学术界还是在其他领域，需具备以下三个条件：首先，必须具有忘我的钻研和吃苦精神。要有"语不惊人死不休"的豪情，要有"为伊消得人憔悴"的投入，更要有"十年磨一剑"的等待；其次，还要有身怀绝技的超人能力。比如梁实秋，他当时的翻译水平不能说登峰造极，至少也高人一筹，这在当时是很了不起的一项技能；最后，想要成为大师，不但要博古，还要通今。同时也要具备独立的人格、悲天悯人的胸襟以及执著理想的信念。以上三点，缺一不可。

多年来，通过阅读一些大师的作品，我觉得，自己增长的不仅仅是书里面的知识，更感受到了大师们那种锲而不舍的劲头和坚强不息的精神。他们让我学会了在面对困难与挫折时，不再变得焦虑和浮躁，而是增添了战胜困难的勇气和决心。

　　闲暇时，阅读大师，是人生的一次精神洗礼；品味大师，则会激励我们振作精神，自强不息！

（原载《思维与智慧》（上半月）2014年第8期）

　　一个人之所以能成为大师，是因为他比任何人都专注，比任何人都热爱这项工作。他做到了，自然就成了大师。

一块鸡骨头

文 /〔澳大利亚〕涅尔·郝利 庞启帆编译

> 幸运的不是始终去做你所希望做的事,而是始终希望达到你所做的事情的目的。
>
> ——列夫·托尔斯泰

几乎每一天,施帕斯一家子都是这么匆忙。大女儿艾玛在拂晓前就起床,然后踩自行车赶去学校参加课前游泳训练。接着是施帕斯先生,匆匆吃完早餐,嘴巴都来不及擦就抓起公文包往门外冲。即使是小狗希比,一听到闹钟响也会跳起来,飞快地跑到院子里去,希比认为早起的狗才能得到骨头。

一天早上,施帕斯太太一边忙着煮咖啡,一边把衣服丢进洗衣机。

"曼迪,亲爱的,为什么你总是最后一个?"小女儿曼迪下楼吃早餐时,施帕斯太太问道。

"我得跟我的金鱼说'早上好'。"说完,曼迪小心地给面包涂上果酱。

"好啦,快点,拜托!"施帕斯太太一边催女儿,一边收拾厨房,她想第一个到达瑜伽学习班。

在学校图书馆,曼迪总是最后一个把她要借的书拿到借阅登记处。

"小姑娘,我不明白,为什么每次借书你都要磨蹭这么久?"图书管理员丽迪太太不高兴地问。

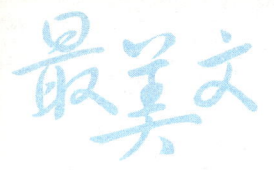

"我把阅读角的书都整理了一遍。"曼迪微笑着答道。

"哦,原来那个做好事的人就是你,真是太感谢你了,曼迪。"丽迪太太不好意思地说道。

数学测验时,曼迪总是最后一个交卷。

"曼迪,几乎每次考试你都是满分。"列奈老师说道,"你的成绩这么好,但你为什么每次都是最后一个交卷呢?"

"我喜欢仔细读题,还有把答案检查两遍。"曼迪答道。

"做得好!"列奈老师赞许地说。

艺术课结束后,除了曼迪,其他学生都争先恐后地涌出教室。"曼迪,你的画已经贴在墙上了,为什么还不离开教室?你看,其他同学都走了。"格雷老师不解地问。

"格雷老师,你看,有些同学忘记盖上颜料罐的盖子了。我把这些盖子盖好再走也不迟,要不颜料就会挥发掉了。"曼迪说。格雷老师一笑,和曼迪一起把忘记盖上的颜料罐盖好。

在放暑假的前一个晚上,施帕斯一家去拜访曼迪的老师,他们匆匆走向汽车,"曼迪在哪?"施帕斯先生问。

"她总是在最后。"艾玛说道。

施帕斯太太返回屋里找曼迪,发现曼迪刚好完成一幅送给老师的画。"走吧,曼迪,我们可不想迟到。"

"我敢肯定老师会问我们,你为什么老是最后一个。"曼迪上车时,施帕斯先生说道,"我们应该怎么跟他们说?"

曼迪想了一会儿,说道:"总得有人在最后,对吧?"

"说的也是,不过我从没这么想过。"施帕斯先生说道。

施帕斯一家逐一拜访了曼迪的老师,丽迪太太说:"曼迪帮了我的大忙。"

列奈老师说:"曼迪的成绩非常棒!"

格雷老师说:"曼迪总会替他人着想。"

没有一个老师问曼迪为什么总是在最后。

在离开学校的时候,曼迪走在最后,她面向每一间教室,跟它们说再见。

"这就是我们的曼迪。"施帕斯先生自豪地点着头说道,"总是在最后。"

"有时候在最后也是一件好事。"施帕斯太太笑着说道。

艾玛停下脚步,捡起地上的一张废纸,她把废纸扔进路边的垃圾桶,说道:"今后,也许我们也应该尝试尝试做最后一个。"

(原载《考试报》2013年第21期)

> 每个人都是平等的,每一个岗位都是受人尊重的,因为不管高低贵贱,那个位置总需要一个人在那里坚守。

第五辑

谁解书中味

　　这是我上过的最好的课,从那以后,它一直影响着我的学习方法和态度。这三天的观察和收获,是一笔珍贵的财富,是金钱买不到的。它将伴随着我的成长,引导着我迈向更广阔的科学领域。

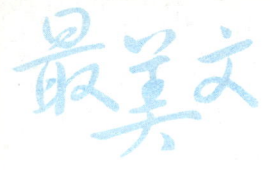

知识改变气质

文 / 林振宇

知识是产生对人类自由的热爱和原则的唯一源泉。

——韦伯斯特

人与人之间性格差异在于气质。每个人都有自己的气质特征，就像树的叶子，没有一片是相同的。

气质并不神秘，就是指一个人的个性特点和风格气度，是个体长期形成的相对稳定的一种心理特征。一个人的气质可以从他的思维方式，言谈举止，行为习惯等几个方面表现出来。

气质虽然没有优劣之分，但有高雅与低俗之别。大凡气质高贵的人，或是见识卓尔不群，或是言谈口吐珠玑或是举止优雅得体，给人一种彬彬有礼、有教养的感觉。而气质低俗的人，即便她有西施的美，或是他有潘安的貌，亦或是高官、大款，倘若胸无点墨，也会俗不可耐，面目可憎。

那么，气质究竟能不能改变呢？

对于一个人来说，气质虽然相对稳定，但是通过后天的学习是可以改变的。高尔基说，"学问改变气质"，这句话是有一定的道理的。

所谓学问，即泛指知识。气质的形成，与知识有着非常密切的关系，知识塑造性格，知识变化气质。如果把一个人比作自然生长的花木，那么，只有经过知识的修剪才能成为一种有形的景致。

书籍是知识的载体，思想和智慧的宝库。一个人长久地浸淫在优秀健康的书籍里，内心就会变得丰盈，心胸也博大了。视野更加开阔，思想会深刻，智慧随之增长，性情也得到陶冶，气质在潜移默化中改变了。宛如深谷幽兰，散发馨香。

有这样一个例子，三国时期的吕蒙，本是行伍出身，没有文化，打仗很勇敢，粗俗但有机智。有一次，孙权开导他，应当多读书，使自己不断进步。打那以后，吕蒙开始勤奋学习。鲁肃掌管吴军，上任途中路过吕蒙驻地，受到他的款待。但鲁肃还以老眼光看人，觉得他有勇无谋。在酒宴上，俩人纵论天下事，吕蒙的真知灼见使鲁肃很受震惊。于是，才有了"士别三日，刮目相看"这句成语。

吕蒙前后气质的变化，说明了知识是变化气质的根本。如果说气质是潜藏内心而又表现于外的一种"相"，那么，"相由心生"，一个人的内心若被知识美化而改变，他的相也在无形中变化了，所呈现出来的气质就会和从前大不一样，或者说，气质变得高雅了。

（原载《考试报》2014年第9期）

一个有学问的人，就像一片宽广的大海，接纳、包容、洞悉万物；一个匮乏的人，就像贫瘠的土地，干涸、粗暴、一无所有。

落于信纸上的悠然时光

文 / 冷焰

  友谊是使青春丰富多彩的、清纯的生命旋律，是无比美丽的青春赞歌。

——池田大作

十五岁

  顾小安咧着嘴巴朝我挤眉弄眼地拉手风琴时，我刚满十五岁。他身穿一件素白的叠领条纹衬衫，怀抱一架古旧的手风琴，迎风拉得呜呜作响。

  我看着那一整块镶嵌在按钮与琴键中间被拉伸闭合的扇片，总想起田野上空，天际深处的流云。它们像极了这些苍白的扇片，心甘情愿地让天空的手掌拉扯着，偶然累了，便滚滚地从山的那头顺风卷来，呼啸一场淋漓的汗雨。待阳光一来，它们又消失在天际的深处，无踪无影。

  我说，顾小安，你去给我买杯绿茶吧。他便会停了音乐，从台阶上"砰"地跳下来，呼哧呼哧地跑到学校门口给我带回一杯清凉微苦的绿茶。

  喝到见底时，我总喜欢扯住那根青绿的线，将茶包提出来，放在嘴巴里使劲儿吸。每每这个时候，顾小安就会心疼地说，林晓菲，你别这样，扔了算了，要是你喜欢吃，以后我还给你买。

他一说完，我就会扯断那根青绿的细线，把茶包吐得老远。其实，我并不喜欢喝绿茶，我最喜欢的是正午日光中的大杯薄荷水。那种凉凉的微妙感觉，像碎裂的冰块穿过身体。只是，所有的饮料里面，惟独绿茶杯会放茶包，惟独这样的茶包才能让我放到嘴巴里，换取顾小安的一丝心疼。

顾小安说喜欢我的时候，我的身体还没有发育的迹象。我说，顾小安，我们现在只是哥们儿，你要是真喜欢，就等我变成女人的时候再追求我吧。那时候，我才可以不顾一切地跟你牵手，走过川流不息的大街小巷。

顾小安说，好，林晓菲，你可要记得你今天说过的话啊。我用力点点头，顾小安欣喜若狂地跑进教室，把那架破旧的手风琴抱在怀里，挤眉弄眼地问，说，你唱首歌儿，我给你伴奏。

我说，行，就那首《十七岁那年的雨季》吧。

十六岁

十六岁生日，顾小安送来一大包彩色的信纸和贴有邮票的信封。

他说，林晓菲，你可不能忘了我啊，要随时给我写信。还有，什么时候你变成女人了，一定要记得告诉我。我没有说话，静静地站在风起的十字路口，看他跟在他母亲身后，上了一辆深黑的小车。后来，我就再没见过顾小安。

几日后，我坐在日光漫漫的秋千上，口渴了半天，仍然等不来顾小安时，我这才急急忙忙地四处询问顾小安的下落。后来，有朋友告诉我说，顾小安回北京去了，他在这里没有学籍档案，最后一年半得回去跟着复习，才能参加高考。

我一个人买来绿茶杯，坐在破旧的秋千上，大口大口地往嘴巴里灌，无人问津。最后，我扯住那条青绿的细线，将茶包放到口里，拼命地咀嚼，咬碎，都不曾听到顾小安心疼的声音。那一刻，我才相信，顾小安是

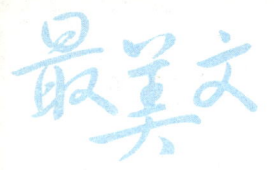

真回了北京。要不,他绝对不会这么残忍,眼睁睁地看着我一口口咬着茶包,苦到流泪,都躲在暗处无动于衷。

顾小安走后,手风琴有了新主人。因为那是学校里的公共财产,学校不可能让一个乐队缺少风琴手。

新来的风琴手是个面容清秀的男生,有些消瘦,眉宇间住满了忧伤。他一次坐在秋千上练手风琴时,我主动过去和他搭讪了。

嘿,小子,你坐了我的位置。话一说完,我继续把嘴巴贴在绿茶杯的吸管上,吸得吱吱作响。

他抱着手风琴,不说话,也不肯让开。我把话又重复了一遍,他仍是沉默。于是,我终于爆发了,将一整杯的绿茶水都泼在他的手风琴上,一脸平和地看着他手忙脚乱。他抱着手风琴一面朝操场上走,一面恨恨地说,你真是个泼妇,这秋千是你们家的吗?

我说,对,这秋千就是我们家的,是我和顾小安的。他不说话了,我以为,他是让顾小安的大名给吓到了,毕竟,顾小安曾是一个多么潇洒飘逸的风琴手啊。学校里,一定有很多人仰慕他的才华,亦有很多女生追求过他,只是他从来不告诉我,怕我生气罢了。

十六岁秋

那个不知名的男生又坐在秋千上拉琴了,我慢慢地走过去,出神地看着他。他身穿一件素白的叠领条纹衬衫,怀抱一架古旧的手风琴,迎风拉得呜呜作响。这样的画面,好熟悉,好熟悉,仿佛在哪儿见过。

他见到是我之后,惊慌地站起身来。我说,你坐吧,我今天不为难你。他悻悻地坐下,抱着风琴。我问,你会拉《十七岁那年的雨季》吗?他摇摇头。我说,那么难的曲子,以你的智商,我早想到不会,你还是去帮我买杯绿茶吧。

他搁下手风琴,从我手里接过三个光亮的硬币,片刻后,呼哧呼哧地端着一杯绿茶站到了我面前。我躺在秋千上，恍然看到了顾小安的影子。

我把绿茶杯喝到见底，扯住青绿的细线，将茶包塞到嘴里，猛烈地吸。他在一旁诧异地看着我，不言不语。我说，你该叫我停下，对我说，要是你喜欢，我以后还给你买。

他怔怔地看着我，仍旧没说话，我的眼泪却大颗大颗地掉了下来。他穿得再像顾小安，也始终不是那个懂得心疼我的顾小安。

而此刻，顾小安在做什么呢？我在这个秋千上又长了半岁，还是没能等到顾小安的来信。其实，我想要的，只是一个关于顾小安的地址。我想告诉他，我快要成为女人了。因为，穿上旧日的连衣裙时，我发现自己已经开始有了玲珑的曲线。

次日，我接到了顾小安的来信，洋洋洒洒数千字，像一个有趣的短篇小说。看完信后，我将顾小安的地址记在了心里。

午后，我买了碳素笔，坐在旧日顾小安拉琴的台阶上给他写信。当初他送我的那一大包信纸邮票终于派上用场。信中，我略带矜持地跟顾小安说，我快要变成女人了。

信件投递出去之后，我开始日日幻想，顾小安接到这封信件时的表情，是惊喜，讶异，还是不安？虽然，那是我们的约定，可谁知道，顾小安会不会改变主意。

我能去秋千上的时间越来越少，老师布置了许多做也做不完的习题，我开始习惯用顾小安的信纸打草稿。这样，就会觉得自己离他很近很近。

写下第一篇日记的时候，我开始有些讨厌自己。因为我数来数去，发现日记里出现的最多的名字，就是顾小安。兴许，我真喜欢上了他，不过，那又有什么关系呢？反正，我是要长大的，要成为亭亭玉立的女人的。到那时，顾小安一定会大张旗鼓地当众向我示爱，那么，我就可以牵着他顾长的手，与他一起走到白头。

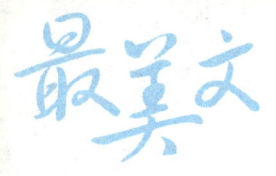

十七岁

我跟顾小安说,我已经不再想你了。因为,我长大了。

写下这句话的时候,我的眼泪簌簌地流了下来。因为我实在想不明白,为何顾小安再不给我回信了。难道,是因为那个久远的承诺?抑或,他根本不曾喜欢过我?可不管怎样,我总得为自己保持住仅剩的自尊。

我把顾小安给我买的信封邮票信纸,一同挂号邮给了他。我说,顾小安,我长成女人了,不过,我跟另外一个帅气的男生谈恋爱了。他每天都会给我买绿茶杯,我再不用可怜地吸茶包了。他也会拉手风琴,尤其是那首《十七岁那年的雨季》。请你,祝福我们吧。

其实,我对顾小安说这些谎言,只是想激怒他,告诉他,如果他再不做出任何表态,他将要永远地失去已经长成女人的林晓菲了。很可惜,顾小安把我给忘了。

哭了整整一夜后,我发誓,一定要考上北京最好的大学,找一个比顾小安更懂得心疼我的男孩做男朋友,到时候,牵着他的手,到顾小安所在的地址漫游。

十七岁夏

分数线刚下,顾小安便邮来了信件,又是洋洋洒洒几千字。他说,林晓菲,你忘了你说过的话,你是个不讲信用的小人。我之所以没有给你回信,那是因为我母亲已经发现我喜欢上你,想尽一切办法不让我给你回信。她说,除非我能考上大学,才能和你联系。

看着顾小安慌乱的笔迹,我似乎能想象出他在写这封信时的万般焦急。只是可惜,十七岁的我,已经没有了对顾小安的眷恋。即便,曾有那么多那么多的回忆支撑着我和他的青春,可是,我也不得不说,那已经是很久很久以前的事了。

坐在破旧的秋千上，我终于有勇气为自己买了一杯冰凉的薄荷水。那暖人心扉的绿，在碎裂的阳光下，像流水一样来回跳动。

我跟顾小安说，几十个日夜之前，在秋千上，有一个傻傻的女孩儿整日整日地端着一杯绿茶等你回信，等你告诉他，你当初说的那些话，并不是骗她；等你心疼地说，要是你喜欢喝，以后我还给你买……

可是，不论怎样的时光都无法回去。譬如，那个女孩儿在等信时的无助和绝望；譬如，她已经无可避免地长成了女人。有些事儿，我们必然要去经历。

填报志愿之时，我再没了当初的怨恨和希冀。从始至终，我都没有向往过北京。之所以那样想，那样深刻地铭记，无非是要对自己的懵懂做一次深刻的证明。

握着那支曾给顾小安写信的碳素笔，我一口气填下了三所邻省高校的代码。窗外，那个不知名的男孩儿，又坐在秋千上拉起了手风琴。迎着风，呜呜的，我隐约听出，那首歌的名字，叫做《十七岁那年的雨季》。

（原载《语文周报》2015年第23期）

十七岁那年的雨季，我们有共同的期许，也曾经紧紧拥抱在一起……

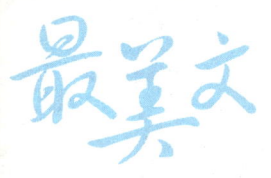

花影深深上枝头

文 / 罗静

暗恋是一种自毁，是一种伟大的牺牲。

——谚语

暗恋之名

已记不清楚，这是第几次站在书房的窗口目送秦少枫。他哼着欢快的调子，从浓郁的树荫深处走来。我听得出他的脚步，急急地探出了脑袋。

这一次，他破天荒抬起了头。我惊得茫然四顾，后脑勺重重地撞在了窗棂上。我想，他一定看到我的狼狈样了。

再次碰上秦少枫，我羞得无言以对。他蹲在学校门外的餐馆旁，大口大口地吸着面条。那狼吞虎咽的模样，宛如逃荒的难民。

要不要吃面条？我请客。他嘴里嚼着面条，含糊不清地问我。我不理会，摇摇头，自顾着向前走。没想到，看似斯文的秦少枫，竟然端着青花素白的大碗，奔至我的面前，结结巴巴地说，面条，面条好吃呢，我问你没听见啊？

僵持了片刻，我莫名其妙地跟着秦少枫进了店铺。他一面鬼哭狼嚎地跟老板说来大碗面条，一面咣当咣当地将饭桌拖出去。

我吓坏了，目瞪口呆。秦少枫，你不会是要在店外面吃吧？他舔了舔嘴唇上的辣椒，惶惑地看着我，怎么了？外面多凉快啊！难道你不热吗？

我无言以对。结果，我和秦少枫在大街上吃面条的绯闻，不到一个时辰，便传遍了校园。有人说，秦少枫爱上了一个发育不健全的短发村姑；也有人说，秦少枫喜欢的是一个能吃大碗面条的女生，呼啦呼啦，涕泪交加，不到五分钟，便将整碗面条吃得一干二净。

我在人群中暗笑，不知道这些恼人的消息，秦少枫收到没有。我想，他是知道的。作为学校风云人物的他，怎会不知自己的行为所能造成的舆论动乱？

不过，从那以后，我再不用躲躲闪闪了。每每秦少枫经过我的家门，我都会故作平静地叫上一声，嗨，面条男孩！

他笑笑，眉宇间荡漾着坏男孩的邪气，我心中暗恋的荷塘，瞬时洒满了皎洁的月光。

扑朔迷离

秦少枫让我给他补习功课的时候，夏天已过去了大半。他从裤兜里掏出一支香烟，将那个青灰色的打火机按在牛仔裤上，刺啦一声，红蓝的火苗腾蹿而起。我一动不动地欣赏着整个流程，那坏孩子的气息，像一包毒药，迷倒了我。

我停顿了许久，还是说不出话来。不是我不愿意帮秦少枫补习功课，而是，我不知道他提出这个要求的目的是什么。对于家世显赫的他来说，要请几个成绩优异的大学生做家教，简直易如反掌。何必伤筋费神地来请我这个名不见经传的中学生？

正当我迷惑间，秦少枫将手递到了我面前。摊开，里面赫然是几张鲜红的人民币和一筒薄荷味的绿箭口香糖。他懒懒地看着我说，姑娘，帮个忙吧，俗话说，浪子回头金不换哪，你就忍心看我一直堕落？钱你收着，

口香糖你先吃着，有话，咱们慢慢说。

我被秦少枫的模样逗乐了。我始终没有把心里的疑惑告诉他，我生怕我一说他就收回成命，另找了他人。对于我来说，重要的不是那笔可观的补课费，而是能和秦少枫这个人在一起。

初进秦少枫的家门，心里像揣了只惴惴不安的兔子。他母亲在沙发的那头询问，少枫，给你请了家教，为什么不来上课？人家可是重点大学的高材生呢！

我不喜欢。我自己已经请了一个家教，虽然年轻，但人家有才学。文章写得好，成绩也是名列前茅。以后，由她教我课程好了。秦少枫说完，一把将我推到了他母亲面前，我慌张得手足无措，不知该如何是好。

幸好，他母亲只是问了几个简单的问题，譬如成绩，家庭住址等等。大体来说，她是满意的，于是在最后，郑重其事地对我说，我这个儿子，还要你好好辅导，不然的话，他只能进废品收购站去了！

我点点头，心里一片雾水，事情似乎发展得愈加扑朔迷离。我可以相信，秦少枫是出于可怜才雇佣我，想要帮助我。但为什么，他不要高材生，转而要我？我想不明白。

但我肯定，他绝对不是因为喜欢我。

真相大白

我终于明白，秦少枫之所以雇我的原因，是他仅仅只想找一个能百分百守口如瓶的看门者。这样，他便能在补课的时间里，肆无忌惮地翻墙过壁，来去自如。

再三追问，秦少枫终于对我坦白，他每次出去，原来都是为了见另外一个女孩。据他描述，女孩有着修长的手指和乌黑的头发，会弹贝多芬的钢琴曲，会画梵高的向日葵。我怔怔地听着，心里默默流泪。原来，我只是他的挡箭牌，更或者，是他爱情的守护者。

我就这样懦弱，而又尽忠职守地看护着他们的爱情。那女孩我见过，每每市里的文艺大赛，都是她代表参加。她的名字，和她的人一样素雅。阮小青。

秦少枫溜走的日子，我就一个人依靠着他的窗台，看窗外的花影，随着阳光流泻，慢慢地、悄无声息地爬上墙壁来。夏末，只要花影上了窗台，秦少枫就会从墙壁的那头探出头来，狡黠地看着我，张大了嘴巴示意，我家里有没有人？

我摇摇头，他便扶墙一蹬，爬了上来。而后，便开始夸夸其谈，他今天与阮小青的光辉浪漫史。偶然，听着听着，我会不自觉地想，我便是那个让他魂牵梦萦的阮小青。

傍晚，秦少枫会用摩托车载着我去校门前的那家店铺里吃面条。他喜欢将那一张宽敞的桌子搬到外面来。有时，那张桌子被人霸占了，他便从隔壁买来两杯奶茶，蹲在一旁，等着他们吃完散尽。

开始，秦少枫老喜欢问我，怎么不多吃点？后来，他索性不问了，絮絮叨叨地说，唉，现在的孩子们啊，都是怎么了？一个个玩命减肥，胖点不好吗？多健壮啊！

秦少枫当然不知道，我之所以少吃的缘故，是因为要腾出更多的时间，在桌子下面镂刻字迹。

山城之光

秦少枫说，7月22日清晨9点，重庆会有日全食。我没看过，暗自喃喃，有什么好看的？他铁青了脸责备，你懂什么？你这辈子就那么一次机会，以后想看都没得看！

那时，我多想秦少枫安慰我，好看，一定好看，我带你去看。不过，

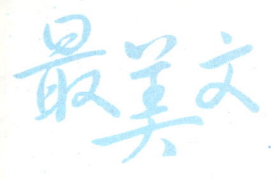

　　他始终没有说过这样的话。毕竟，我与他再怎样地密不可分，中间都隔阂着一个阮小青。而我与阮小青的差距，又何止十万八千里？

　　他一直不会知道，面前这个故作从容的女孩，有多少次，气喘吁吁地提前奔跑回家，只为等在窗口看他匆匆而过的身影；他也不知道，整天和他一起吃面条的这个女孩，其实，一直以来都不喜欢面食；他更不知道，那个为他独守窗台，守护爱情的女孩，在心里，是如何地眷恋着他……

　　我已在桌子下面刻完了字，这几个简短的字，我刻了整整一个夏季。为了不让他察觉，我只能这么艰难地，细致地，用一个窄口的指甲剪慢慢划它。

　　只有在刻字的时候，我才觉得自己勇敢一些。似乎，自卑的我，就是在一次次地对他表白。尽管，那么大声音，他也听不见。

　　他和阮小青分手的消息，我是在一个午后的等待中得知。花影已经漫过了窗口，而一向守时的秦少枫，却还不曾归来。我想，他们之间一定是出了问题。如果不是爱得太过热烈，忘乎所以，便是断得太过干脆，彼此相伤。

　　我以为，是阮小青提出了分手。因为，我找不到理由相信，想方设法雇我前来的秦少枫，会舍得忘却这段百转千回的爱情。但传言的事实的确是这样，有人听到，秦少枫对阮小青说，他爱上了别的女孩。

　　于是，我就想，那女孩该是多么温文尔雅。她竟然，能让秦少枫放弃万里挑一的阮小青。

　　2009年7月22日的清晨，我被秦少枫的电话轰炸吵醒。他在楼下抬起一只手，眉飞色舞地看着我。他说，要带我看日全食。

　　我茫然而又欣喜。我想，秦少枫一定也约了另外一个女孩，他只是出于感激，想介绍我与她认识。我蓬头垢面地奔到楼下，任凭轰隆隆的摩托车把我载到郊外。

空无一人的田野里，有微微的凉风。我似乎是在等待，另一个人的出现。可是，直到 9 点 10 分，依旧无人前来。

9 点 13 分的重庆，陷入了一片黑暗，月亮全然遮蔽了太阳。我不曾想到，在这个忽然昏暗的时刻里，秦少枫竟会将他的手掌，轻轻搭在我的肩膀上……

他略带埋怨地说，幸好我看到了饭桌下面的秘密。

（原载《中学生博览》（文艺憩）2009 年第 11 期）

青春时期的暗恋，更像是一场不敢张扬的自我暗示，不敢表露，不敢言明。幸好，他终于有所体会。

阿加西斯教授的观察课

文／〔美〕塞缪尔·H·斯卡德 庞启帆编译

熟悉减除对于事物的恐惧。

——伊索

我走进阿加西斯教授的实验室，告诉他我已经成为科学院自然历史系的学生。

"那么你打算什么时候开始学习呢？"

"现在。"我答道。

这个回答似乎让他非常高兴，他夸了句"非常好"，然后转身从标本架上抱下一个很大的玻璃瓶，瓶里装着黄色的酒精，酒精泡着几条鱼。他取出其中一条，对我说："拿着这条鱼，仔细观察，等会儿告诉我观察的结果。"然后，他就离开了，把我一个人扔在那里。

我很失望，观察一条鱼对一个求学心切的学生来说，似乎没有什么挑战性，而且酒精的气味不好闻。但我没说什么，立即投入工作。

10分钟后，我把能看到的鱼的身体部位已经看了个遍，然后开始寻找教授。然而，教授不知去哪儿了。半个小时过去了，一个小时过去了，又一个小时过去了，那条鱼开始让我厌烦。我不必用放大镜，也不用任何其他仪器，只用两只手，两只眼睛就能观察，而鱼能供我研究的部位非常有限：鱼脸、鱼背、鱼肚、鱼测，翻来覆去就这几个部位。但教授还没回来，我只能继续观察。

我把手放进它的嘴里感觉它的牙齿有多锋利，计算它的身上有多少片鱼鳞，直到确信准确无误。突然，一个愉快的念头从我的脑中蹦了出来——我应该把这条鱼画下来。这么做的时候，我惊奇地在这条生物身上发现了新的特征。这个时候，阿加西斯教授出现了。

"很好，笔是最好的眼睛。"他赞许道，接着他问："那么，你看到了什么呢？"

我简洁地做了描述，教授听得很认真。我说完了，他还看着我，似乎在等着我继续讲下去。但我没能再多说一个字，他的脸上露出了一丝失望的表情。

"你还没有观察得够仔细。"他认真地说道，"甚至，这条鱼最显而易见的那些特征，你一个都没发现，而这条鱼就清清楚楚地摆在你眼前。再观察，再观察。"说完，他丝毫没理会我痛苦的神情，转身就离开了。

我觉得自己快要发疯了，还要再看那条可恶的死鱼！但这一次，我是带着目的来对待我的作业的。时间一分一秒地过去，我发现教授的批评没有错：那些显而易见的特征在我的细致观察中露了出来。

下午很快就过去了，教授问我："还看吗？"

"不看了。"我答道，"但我知道之前我了解得很少。"

"下次会了解更多的。"他说道，"收起鱼，回家吧，也许明天早上你会给我一份更好的观察报告。"

这让我有点惊慌失措。因为这意味着，我要在鱼不在眼前的情况下整晚研究这条鱼，并且在明天早上写出一份准确的描述。

第二天早上，我一进实验室，教授就用满怀期待的目光看着我，那目光让我觉得，我应该看到他所看到的。

"你期待的答案也许是，鱼有对称的器官以及其他对称的身体部位。"我小心地说道。

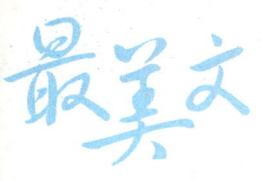

"当然！"他高兴地说道。这简单的一句话补偿了我昨夜失去的几个小时的睡眠。接着，我们兴致勃勃地讨论了我昨天白天以及晚上的观察所得。讨论完毕，我问他我接着应该做什么。

"哦，观察你的鱼。"说完，他又把我一个人扔在了实验室。一个小时后，他又回来了，听我的观察报告。

"很好，很好。"他重复道，"但还不够全面，继续吧。"就这样，长长的三天，他把那条鱼放在我的眼前，禁止我看别的东西，以及向任何人求助。"观察，观察，观察。"他给我的指导就是不断重复这个词。

第四天，阿加西斯教授从那个大玻璃瓶里捞出另一条鱼摆在那条我已经观察了三天的鱼的旁边，让我指出二者之间的相同处和不同处。接着是第三条，直到玻璃瓶里的鱼全都摆在我的面前。

观察结束，我把一份完整的报告交给了阿加西斯教授。看完报告，他满意地点点头，然后对我说了这番话："表面是最愚蠢的东西，我们必须发现事物的真相，直到在更多的真相中找到更多的规律。"

这是我上过的最好的课。从那以后，它一直影响着我的学习方法和态度。这三天的观察和收获，是一笔珍贵的财富，是金钱买不到的。它伴随着我的成长，引导着我迈向更广阔的科学领域。

（原载《意林》（少年版）2010年第22期）

做事切忌闭门造车，充分了解，有利于我们熟悉事物的本质。

要的就是"过"

文 / 张云广

乐观主义者总是想象自己实现了目标的情景。

——西加尼

去一所陌生中学听课,讲课内容是"诗歌鉴赏之虚实结合"。

我并不认识授课教师,正如授课教师并不认识受课学生,又如受课学生并不认识我一样。

执教的是一位男青年,衣衫整齐,一脸严肃,给人一种很正统的感觉,但很快他的表现就轻而易举地颠覆了我的第一判断。为了融洽师生关系,上课伊始,这位老师就引吭高歌了几句何晟铭的《佛说》,颇具磁力的歌声很快就赢得了一阵掌声,气氛一下子轻松了许多。

掌声过后,老师顿了顿,然后进入了他的开场白,"佛说,前世的五百次回眸换来今生的一次擦肩而过;佛又说,前世的五千次回眸换来今生的一泓秋波;佛还说,前世的五万次回眸只为今天的这一节语文课!"

出人意料的第三个分句话音刚落,掌声笑声便同时响彻教室,显然学生们对眼前的这位陌生老师已经产生了极大的好感,这种好感又把刚才由于后面听课者云集所带来的无形压力冲淡了许多。

师生之间的配合就这样驶入了"无间道",老师讲得顺畅无比,学生听得带劲儿"异常"。不时有学生主动站起来提问或回答问题,每一次

老师都让他们自报家门然后再坐下。评语也结合学生的姓名临时确定，如"王佳宁就是佳！""宋长新的见解实在新！"……低烈度的笑声持续不断。

中间有一个环节是让学生把练习题的答案书写到黑板上，本来只有两个人的答题空间硬是上去了六个人在上面争地盘。你不让我，我不让你，气氛经过一再的积累发酵近乎火爆，就差肢体冲突了。

这次同样要在下讲台前把答题者的名字亮出来，其中有一个叫"白焱"的同学的署名引起了他的注意。待大家都答完题撤回座位后，只见老师含笑步入讲台，用红笔圈起了一个"焱"字，然后就地取材故作严肃地说，"给这六名同学一个总体评价——焱，如果一定要用一句歌词来表达的话，我想应该是——"我的热情就像这三把火，燃烧了整个语文课堂。"随后自顾自地唱着改编自费翔的《冬天里的一把火》，台下高烈度的笑声也紧随而至。

课近结束，老师又哼起了这节课刚开始时的那首《佛说》，然后继续推介他的新版《佛说》，"佛说，握紧拳头，你会一无所有，因为世间万物皆空；佛又说，伸开手掌，你将拥有全世界，因为唯有空才能包容万物；佛最后说，万条真理一句话，虚实结合就是好！"

一个个大拇指竖起来，一次次叫好声经久不断。

老师抱拳致谢，对眼前的学生做了如下的评价："反应过度，配合过好，热情过火，战力过牛，表现过疯，让人实在印象过于深刻！简称'六过'。"

持久的掌声中，老师挥手告别，全体同学追出了教室……

这是我平生听到的最给力的一堂课，受教之余不禁想到，国人喜欢奉行中庸之道，凡事求和求稳，力求不偏不颇，不冷不热，不远不近，不悲不喜。这固然是一种做人与处世的智慧，但凡事皆如此势必会让思想趋于保守，行动滑向拘谨。长此以往，难免会忘记其实在不违背大原则的前提下，人生许多精彩风景都要由一个"过"字来实现启动和维持的。让一次次展示自我的好机会空自擦肩而逝，想来这将是多么遗憾的事情呀。

天地不限人，而人自限之。难怪"佛说，过，过，过！"

（原载《语文报》2015年第18期）

生活不必拘谨，不必一成不变，不必循规蹈矩。适时地放"过"，生活将变得更加精彩。

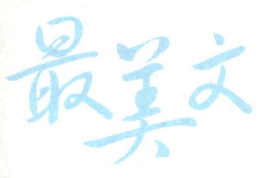

输不起的章子强

文 / 安心

你说过得到胜利是很好的,是么?我告诉你失败也很好,打败仗者跟打胜仗者具有同样的精神。

——惠特曼

一

章子强是我们年级学习最厉害的学生,班上的同学都以他为荣,只要由他出马的比赛,我们班总能获得优异的成绩。

全班同学都很佩服他,连各科的老师都夸他头脑敏捷,思维能力强。最开心的是老班,因为有章子强在我们班,他觉得特别荣耀。

章子强能写擅画,还是个酷爱玩音乐的"达人级"大师,他学了八年的小提琴,还能把架子鼓打得让人眼花缭乱。后来见别人抱着吉他弹唱很潇洒自在,他就用了一个暑假的时间,学会了吉他弹唱。还别说,长相帅气、嗓音清澈的章子强,在抱着吉他自弹自唱时,那样子真有几分"快男陈翔"的味道。

班上有很多女生喜欢章子强,但因为他太优秀了,一直没有人敢表白。就像我的同桌白百合说的,远远地观赏,偷偷地心动,就足够了,为什么要说出口?万一被拒绝了,多没意思。我很赞同白百合的观点我们喜欢章子强，欣赏他，尊重他，但不必说出口。

或许才华横溢的人都比较自负吧，章子强在班上一直是高高在上，表现出不可一世的傲气。但因为他真的很优秀，我们并不计较他偶尔言辞上的刻薄与尖酸，就算被他伤害了，也会选择原谅。

一年的时间里，大家把章子强当神一样的顶礼膜拜，对他无限宽容和忍让，但他对我们的态度始终盛气凌人。甚至于有一次，他当众骂了一句："你们这群白痴，懂啥呀？"我们都不敢回应，虽然心里很不舒服。

只是久而久之，优秀依然的章子强让人敬而远之，没有人敢与他同桌，大家都不知道要如何才能与他相处。

二

新的学年开始时，我们班转来了一个农民工的孩子。那男生长得黑黑瘦瘦的，身上穿的衣服也有点皱，穿久了的缘故吧，蓝色的T恤衫都洗得发白了。

第一天来的时候，他幽默的自我介绍就引得大家哄堂大笑，他说："我是王浩，浩浩荡荡的'浩'，来自广西，初来乍到，请多关照。"看着他黝黑的皮肤，一脸笑容可掬的样子，大家笑过之后报以热烈的掌声欢迎他。

只是当老班把他安排在章子强旁边的位置时，出了点不和谐的音符。章子强居然拒绝了，说他不愿意和民工的孩子一起坐。突然出现这样的事，班上一时间陷入了沉默。大家都不知道老班会如何处理，也为王浩鸣不平，农民工的孩子怎么了？章子强的表现真让人失望。

王浩的表情一时有些尴尬，脸涨得通红。其实谁遇见这样的事都会窘迫得无地自容的，特别是王浩刚来，在一个完全陌生的环境，他居然要面对这样的遭遇。

在我想要举手让老班把王浩安排成我的同桌时，白百合先举手了，她说："老师，让王浩和我同桌吧。"我看了一眼白百合，不明白她的意思，

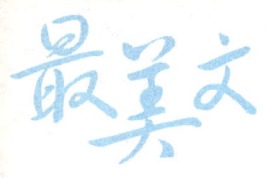

我知道，她一直很喜欢章子强。

"你的脾气好，你帮助他变得更优秀吧，总不能让他一直这样下去……"白百合伏在我耳畔轻声低语，我明白白百合的良苦用心，她是想帮章子强解围。以前班上人数为单，他要一人占一桌，情有可原，现在正好两人一桌，他的特权不可能再行使。

老班想了一下，同意了白百合的意见。我把书本搬过去时，章子强凑过来说："欢迎欢迎！"我朝他浅浅一笑，但心里却在想，如果他刚才能够对新来的王浩这样说，那才是我心目中章子强该有的行为。一年的时间了，我依旧欣赏章子强的才华，但时常又觉得，如果他与人交往能够友善一些，那就完美了。

王浩是个很可爱的男生，很快就融入了班集体。每天下课，教室里都有他开心的笑声。班上的同学喜欢和他说话，逗乐他，说他是广西人，肯定会唱山歌。他倒也不谦虚，张口就唱起《山歌好比春江水》。但大家闹着叫这不算，要听真正的山歌。王浩就又唱起："嘿——你们可要听好了，嘿嘿——"摇头晃脑的样子逗得大家笑得前俯后仰。

"人来疯！"章子强在王浩逗乐大家时，不屑地骂了一句。我看了他一眼，见他脸上有些不快，不敢问原由。但我知道，以章子强的性格就算唱歌，他也会以最潇洒的状态站在大家面前，手抱吉他，深情款款，绝不会这样放声高歌。

"才来几天就自以为是，真是山猴子，没见过世面。"章子强凑过来对我说，我笑笑，没接茬。"怎么？你觉得他很厉害吗？"他不悦地盯着我问。"让大家开心有什么不好？他唱歌还挺好听的。"我说，其实我还想说："如果你也能这样和大家相处就好了。"但我没说出这话，不想惹他不高兴。

三

谁也没有想到，不显山不露水的王浩，成天嘻嘻哈哈与人逗乐，第一次综合考试后，他的成绩却让人惊讶不已——他居然一把抢走了一直以来属于章子强的第一名。大家为他叫好时，他却是挠着头，不好意思地说："意外！实在是意外！"

王浩的亲和表现很受大家的欢迎，特别是看见章子强为此"怒目横眉"的样子时，有同学在叫："神话被打破了！"那些人尽情地欢呼雀跃，还说："王浩终于报了被辱之仇。"

一直以来，无论做了什么事都会被大家包容的章子强，这时被大家冷落了，很多同学一下课就围住王浩，搂着他的肩膀，与他高谈阔论。一时间里，王浩成了班上最受欢迎的人。

我和章子强同桌，我很明白他此时的心情。看见大家因为他没得第一名却大声高呼时，他的脸上像是铺了一层灰，没有血色。或许他怎么也没想到，那么多人，一直期待有人超越他。

"只差一分而已，你依旧是最优秀的。"我安慰他，他却忿忿地对我说："他凭什么赢我？你说，他比我优秀吗？"我看了章子强愤懑的表情一眼，轻声说："只是一次考试而已，你一直都是第一名。""一次也不行。"他强硬地说，看他咄咄逼人的样子，我考虑到他此时的心情，没再与他争辩下去。

那次考试后，我发现一向读书不是很认真，却凭着聪明总考第一的章子强开始刻苦了。然而就像一个魔咒被打破后，什么事情都可能发生。

不久后的一次市作文比赛，白百合获得了第一名，而曾经得过作文满分的章子强屈居第二。发奖那天，我发现他的脸色苍白如纸，整整一天，他没说一句话。白百合主动与他说话时，章子强却是怒火冲天地嚷："少假惺惺的，走开！我知道你们现在都很开心，我样样都输给你们了。"

我和白百合面面相觑，我们都没想到，如此优秀的章子强居然是这样一个输不起的男生。他总得第一名时，盛气凌人，谁都不放在眼里，偶尔输一次，却如此没有风度。

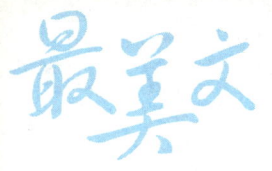

我们都知道"强中自有强中手",他那么聪明的脑袋瓜子难道不明白吗?

"我依旧欣赏你的优秀,但看不起你的小心眼儿。"白百合看着盛怒中的章子强,丢下一句话后转身离开。

我默默看着坐在身边的章子强,心里却在想:一直被大家当神一样顶礼膜拜的他,能够在自己的成长路上,遇见这样一些挫折,走下虚设的"神台",对他以后的人生路,应该是一种庆幸吧。

我要告诉他,总是赢的章子强让我们敬仰,而输得起的他更值得我们尊重和喜欢。

(原载《语文周报》2013年第32期)

失败乃成功之母,没有哪个人可以一直战无不胜。失败不丢人,敢于承认失败,说明依然对胜利充满渴望!

倒数十名进世界名校的秘密

文 / 张嘉芮

> 毫无疑问，创造力是最重要的人力资源。没有创造力，就没有进步，我们就会永远重复同样的模式。
>
> ——爱德华·波诺

一名高中生，在高一时，多科成绩挂红灯，每次大考都排在全班最后10名。

这样的学生，在我们眼里，与"优异"是沾不上边的。可能不仅周围的同学对他不屑一顾，老师也会拿他当透明的吧。

可是到了高三，他却收到了美国八所大学的录取通知书，而且这些学校大都是全美排名前100名的名校，迈阿密大学、匹兹堡大学、明尼苏达大学、密歇根州立大学……

这名高中生在高一时也许做梦也想不到自己会被这些金光闪闪的名校录取吧。

这名"幸运"的高中生就是重庆巴蜀中学国际班的朱铁果。

在我们看来并不"出色"的朱铁果，为什么在众多国外名校眼里却成了"香饽饽"了呢？让我们循着朱铁果的"幸运之路"一探究竟。

按照人们一贯的"人才观"，高三以前的朱铁果是"失败的"。

从小学到初中，朱铁果的学习成绩都算不上好，2009年，朱铁果参加

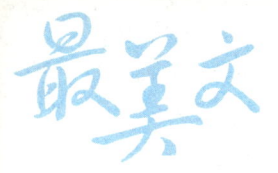

全市普通高中联考,报考巴蜀中学,却以50分之差落榜。后来,父母只好将他作为"择校生"送到巴蜀中学就读。

入校后,朱铁果对无休无止的死记硬背和书山题海提不起兴趣,除了英语成绩一直不错以外,他的语文、历史、化学、政治等多门科目都红灯高悬,很快他在班上成绩倒数。

这样的成绩不要说考上重点大学,就是普通大学都难,他父母也深知这一点,好在孩子英语成绩不错,所以父母就萌生了让他出国去留学的想法。为了让朱铁果提前体验将来的留学生活,父母就让他参加了一个为期一个月的美国夏令营。没想到参加了夏令营之后,朱铁果就喜欢上了另一种在他看来"全新"的学习方法和学习氛围。

高二时,朱铁果转到了巴蜀中学国际部,但他没有选择在学校上课,而是选了一家留学培训学校学习英国高中课程,有英语、数学、物理、经济学等课程。令人惊讶的是,在全新的学习氛围中,再加上没有了"高考应试"的强大心理压力,一直在学习上面"提不起劲"的朱铁果却激发了强烈的学习兴趣,多门课程获"A",甚至超过了班里平时成绩拔尖的同学。

如果说,多门课程获"A"以及良好的托福成绩是美国名校将朱铁果视为"优秀人才"加以录取的条件之一的话,那么朱铁果的炒股经历和旅行经历则是他获得名校青睐的两项重要砝码。

2010年,朱铁果学习了经济学,他产生了把自己积攒的1万元压岁钱拿出来炒股的想法。几个月时间,1万元就变成了近2万元。虽然到后来还是炒亏了,但是这其间经历的跌宕与波折,还是让朱铁果明白了不少道理,也长了不少知识。

另外,朱铁果还是一个"不安分"的孩子,他喜欢到处旅行。每逢放假,有父母陪的话就随父母一起外出旅行,没有父母陪伴,他就自己打起背包,一个人外出旅行。虽然才十来岁,但他几乎走遍了中国,还出国去过七八个国家。在没有父母陪伴的独自旅行中，他培养了良好的自理能力、与陌生人的沟通能力以及处理突发事件的能力。

这些书本之外的独特经历与能力，他都详细地体现在了申请美国大学的个人材料中，这对他最后的被成功录取起了重要作用。

从朱铁果的录取事件中我们不难得到一些启示：我们发现，许多国外名校，并不是"概以分数论英雄"。认真分析一下那些被国外一流大学录取的学生，我们不难发现一流大学注重这样一些素质：从外在看来，被录取者要有一种让人印象深刻的独特"创造力"，多才多艺并拥有特殊课外活动能力；从本质上看，被录取者要具备一种将来可以影响世界的潜力和创造力。

就算是香港大学，也是如此。2005年，11名在我们看来"优秀到顶"的内地高考"状元"只在面试环节就被香港大学拒之门外，港大不愿录取的理由是：不愿录取"高分低能的书呆子"。

潍坊一中的"哈佛女孩"曾小雨，放弃北大校长的推荐生资格，自己投考、面试，最终被哈佛大学录取，并获得四年全额奖学金120万元人民币。

梳理一下曾小雨的成长历程我们不难发现，她并不是一个一味死读书的孩子。课外时间，她喜欢读英文原版书籍，这在不知不觉间大幅提高了英文水平；她喜欢读新闻，叙利亚局势、全球经济欧债危机等都在她的关注范围内，这为她后来面试哈佛等名校，大开方便之门；她喜欢看英文原版美剧，《摩登家庭》《吸血鬼日记》等都是她热衷的美剧；她积极参加各种英语比赛，如中央电视台全国英语演讲风采大赛、全国中学生英语能力竞赛等等；她积极参加各种各样的课外活动，培养自己的社交能力、组织能力……

由此，我们看到近些年被国外名校青睐的"优秀人才"，无一不是具备"独特创造力"的学生。那种只知死趴在书本上，离开父母，煮个鸡蛋都不会的孩子，肯定进不了哈佛、耶鲁。

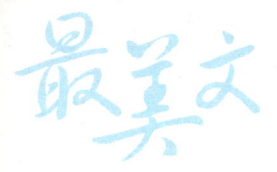

在美国，统考成绩只是一种资格，你只要在"统考"中过了线，获取了资格，就可以由考生自己将自己的资料发往自己喜欢的一所或多所大学。考生与大学双向选择，考生可以同时被多所高校录取，由考生自己选定自己最心仪的大学。

华盛顿大学校长爱默特就曾说：我们录取学生时，不仅看他们的学术能力和考试成绩，还要看他们的领导能力、写作能力、工作经验，他们是否参与什么组织，有没有参与志愿工作、社区工作等等，是否具有一些未来可以使他们成为领导者的独特气质。

在中国，"高考状元"不被名校录取是不可思议的事。但是1996年，美国165名SAT满分的"高考状元"的入学申请被哈佛拒绝，理由是"创新能力不够"。

当然，这种"不概以分数论英雄"的选才方式，可能暂时还不适合中国。在中国，大学是有"级别"和"排名"的，每个学校都会有相应的录取分数线，学生只能按自己的"统考"成绩报考相对应"级别"的学校。考不够名校的录取分数，对不起，你有"创造力"，你有"才华"又怎样，大门照样紧闭。

这样导致的结果就是，学生们不得不默念着"分分分，学生的命根，考考考，老师的法宝"，埋头在书山题海里拼命，哪有还有精力去管什么"创造力"？

诚然，国情有别，我们不能将美国的教育体制照搬过来。但是，某些明显有道理的地方，我们可以有选择地加以借鉴。

毕竟，自1901年诺奖诞生以来，美国已有近三百位诺贝尔奖获得者，而中国至今未实现研究领域的零突破。仅有的几位还只是在美国搞研究的"华裔"，这已成为国人心头之痛。

当然，这其中有方方面面的原因。但是，毋庸置疑，这其中一定有某些必然的东西。

中国工程院院士、清华大学教授吴佑寿曾忧心忡忡地指出："制约我们获诺贝尔奖的关键因素在于我们缺乏创新精神，而这种创新精神的缺乏是由我国的现行教育体制所决定的。在现行教育体制下，衡量一个学校办学水平高低的唯一指标就是升学率。在高考指挥棒的指挥下，学校的一切工作重心都是为了提高升学率，无论学生还是老师，对考试分数的追求已达一种疯狂的境地，死记硬背成了夺取高分的法宝。即使我国的中学生在国际奥林匹克竞赛中频频获奖，但那也是在预做了大量高难度的习题后的结果。一个不争的事实是他们的创新思维没有得到任何提高，根本无法形成创新精神……"

几句话，一针见血。

（原载《考试报》2014年第6期）

> 创造力，不过就是把自己所学的知识转化为财富。一个具有创造力的人，思维和眼界就像大海般开阔。

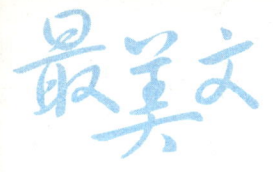

百岁因书驻青春

文 / 钱灵芸

  阅读使人充实；会谈使人敏捷；写作与笔记使人精确。史鉴使人明智；诗歌使人巧慧；数学使人精细；博物使人深沉；伦理使人庄重；逻辑与修辞使人善辩。

——培根

  在你心中，一个 100 岁的老人应该是什么样子？目光呆滞？思维混乱？言语含混？头摇手颤？……

  可是，当你看到 100 岁的叶曼女士坐在那里，不疾不徐地用清清亮亮的声音，将深奥的《易经》深入浅出地娓娓道来时，你会恍然有时光停驻的感觉。

  生于 1914 年的叶曼女士是当今世界极少能将儒家、道家、佛家文化融会贯通的国学大师之一，一生致力于经典国学及佛学的传承与传播。她坐在那里将精深的经典条分缕析，眼神温和而睿智，笑起来右腮还有一个小酒窝，优雅而纤秀。

  100 岁的叶曼女士，皮肤上竟然没有老人斑，白皙干净，脸上甚至连皱纹都很少。再加上缜密的思维和洋溢的活力，根本想不到她已是位百岁老人！

  问及她吃了什么灵丹妙药而青春永驻时，她温婉地笑了笑，给出的答案除了修习佛法、节制饮食之外，还有一个至关重要的原因就是——读书。

叶曼女士出生于书香门第，从小与书为伴，此后漫长的一生，更是无日不读书。她认为，读书是世界上最便宜的事，一本书流传下来，往往是一个人一生的研究，一生的心血。而我们几天甚至几个小时便受用了其中的知识，多便宜，多值得！

晚年的叶曼女士，仍是读书不辍，读书，已成为她生命里不可或缺的一部分，她觉得不读书比饥渴还难受十分。

她说："一个人，无论男女、老少，或是美丑，若想风采翩然，言语隽永，唯有读书。一个人三日不读书，便会面目可憎，言语无味了。"

无独有偶，另一位年逾百岁的老人，岁月的风尘依然难掩她的风华。她就是杨绛，她也是"爱书成痴"，自言，"一星期不看书，这一星期都白活了。"

多年以前，钱钟书曾对自己的妻子杨绛做了一个最高的评价："最贤的妻，最才的女。"就算俗话说："婆媳是天生的冤家"，但钱钟书的母亲也对这位媳妇赞誉有加："笔杆摇得，锅铲握得，在家什么粗活都能干。真是上得厅堂，入得厨房，入水能游，出水能跳，钟书痴人痴福！"

她一住三十多年的老寓所，是几百户中唯一没有封闭阳台，也没有装修的房子。是因为没有钱装修吗？当然不是。对钱，她看得极淡极淡，钱钟书去世后，她将高达八百多万元的稿费和版费以一家三口的名义全部捐赠给母校清华大华，设立"好读书"奖学金。

而当有人问及不封闭阳台的原因，她淡淡地说：为了坐在屋里就能够看到一片蓝天。

百岁高龄，在她身上，人们往往会忘掉时间的残酷。人们在她身上看到的不是沧桑，而是一种充满力量的恬淡之美。

杨绛在家排行老四，父亲是一位颇有名望的知识分子，喜爱读书。

在父亲的影响下，杨绛也迷恋于书的世界。一日，父亲笑问她若三天不读书，如何？她答："不好过。"父亲再问："一星期不读呢？"她答："那一星期就白活了！"

杨绛如此迷恋于书的世界，从青丝到白头。与书相伴，书给予她智慧，也给予她泰山崩于前而色不变的沉静和强大的内心。

文革时期，钱钟书与杨绛成了"牛鬼蛇神"，被残酷地折磨，她被人剃了"阴阳头"，还被赶去打扫厕所。这在普通人看来都是难以忍受的侮辱，但她却淡然处之，她把脏臭的厕所擦洗得一尘不染。做完了这一切，她掏出书坐在便池帽上，安然地一页页读下去。

1994年，84岁的钱钟书因病住院，病得比较严重，一段时间内已不能进食，只能用管子鼻饲。当时杨绛自己也83岁了，为了让钟书得到更好的营养尽快恢复，她自己亲手细细地炖各种汤，做各种鸡鱼肉泥，再亲自送到医院。她说："钟书病中，我只求比他多活一年。照顾人，男不如女，我要尽力保养自己，力求夫在先，妻在后，错了次序就糟糕了。"

船漏偏遇打头风，就在高龄的杨绛一心一意辛苦照料丈夫的时候，突闻女儿钱瑗患肺癌住院！真如晴天霹雳当空炸响，但八十多岁高龄的杨绛没有倒下。她一边照料丈夫，一边再跑大半个北京城去另一个医院照顾女儿。

女儿钱瑗熬了三年多，一千多个日日夜夜，终于还是于1997年因肺癌并发骨转移而离世，离世时只有60岁。

一年后，病中的钟书难抵白发送黑发的痛楚，也随女儿而去。临终时一目难瞑，杨绛附他耳边轻柔地说："放心吧，有我呐。"钟书始放心合目，安然离去。

她说"死者如生，生者无愧。"钟书及女儿永远离开之后，她隐埋伤痛，每日照常读书，同时着手整理丈夫留下多达7万页的手稿及各种中英文笔记。十多年里，出版3卷本《容安馆札记》，20卷本《钱钟书手稿集*

中文笔记》，178 册《钱钟书手稿集＊外文笔记》等。

与书又相伴了十多个春秋，她跨入了 100 岁的门槛，她说："一个人经过不同程度的锤炼，就获得不同程度的修养。好比香料，捣得愈碎，磨得愈细，香得愈浓烈。我们曾如此渴望命运的波澜，到最后才发现：人生最曼妙的风景，竟是内心的淡定与从容。"

是的，我们常会有这样的体会，一个被墨香浸润的女士，她的心态平和善良，她的知识丰饶蕴藉。即使她年华逝去、满头银发，当她立于人群之中，我们也一眼就能看出她的美好与独特。

正如诺贝尔文学奖获得者爱丽丝·门罗，82 岁了，也有白发和皱纹。然而，她微笑，温婉如昔，在如刀岁月面前，她更加知性，并美丽。

为什么读书的女人显得美丽而年轻，大抵是因为读书的女人，心有琴弦。纵然世事多劫，然而书中的知识赋予了她豁达的心胸和高尚的情趣，纵使她历尽万般红尘劫，仍犹如凉风轻拂面。

读书的女人，书就是她的化妆品，当别的女人往脸上堆昂贵的霜啊膜啊时；当别的女人花巨资去整容去打肉毒针时，读书的女人，就那么静静地，手捧一本好书，任岁月流走亦无惧。因为她知道——墨能香我何需花？书亦雅我何需妆？

（原载《做人与处世》2014 年第 3 期）

> 读书使人美丽，使人变得饱满，整个灵魂都升华起来。大师的智慧，是源源不断地从书中汲取的精华。

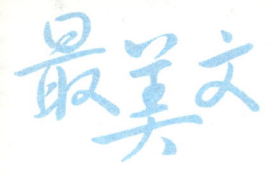

谁解书中味

文/思想者

成大事不在于力量的大小，而在于能坚持多久。

——约翰生

古人读书是非常刻苦的。比如匡衡"凿壁偷光"、车胤"囊萤"、孙康"映雪"、孙敬"头悬梁"、苏秦"锥刺股"等等。对于古人这种苦读的态度，有些今人表示不理解，认为这样的读书榜样不宜效仿，还有不少作者在报刊上撰文说，"读书本应是一件快乐的事儿，而古人的这种苦读又何乐之有呢？"意思是说，古人读书时的内心体验一定不快乐，品尝不到读书的真正滋味。

其实，我以前也曾有过类似的看法，认为读书纯粹是个人的喜爱，何至于像古人那样，把头发系在屋梁上，或是用铁锥子刺大腿，强迫自己苦读呢？

后来，回顾我早年的读书经历才意识到，我这种看法是不对的。我们今人只是站在一个旁观者的角度来看古人，片面地以为古人读书很苦。其实，我们都理解错了，因为我们不是古人，又怎么知道古人读书时的体验是"苦"的呢？苦不苦也许只有古人自己知道罢。这就好比我们不是鱼，又怎知道鱼儿在水里快不快乐呢？或许只有鱼儿自己知道。

读书的过程看似很苦，其实这其中却蕴含着甜蜜和快乐。这就像老百姓常说的一句话："没有苦，哪有甜？"就拿笔者来说吧，在我20岁那年，怀着对生活的美好憧憬，进了一家钢铁厂当了一名工人。为了将来能有一番作为，也为了用知识改变个人的命运，我常常把书揣在怀里，工余时就掏出来抓紧时间瞄上几眼。在冶炼的工作现场，在震耳欲聋的电炉的轰鸣声中，在烟雾缭绕的厂房里，我就躲在一个不被人注意的昏暗角落，聚精会神地看书。

在旁人看来，我在这么恶劣的环境里读书，内心的感受一定很苦。但我要说的是，当时的我无论干什么工作，也无论活儿有多累，只要有时间能让我看会儿书，我就会沉浸在阅读的快乐中。如果说读书一点儿也不感觉到苦，那是假话，但苦中有乐，苦后有甜。当我靠多年的自学获得了黑龙江大学颁发的高自考文凭时，那种喜悦是不言而喻的。

读书的这种体验，让我想到了身边爱好打篮球的朋友。当我看见他们在篮球场上打比赛时，一个个累得气喘吁吁、大汗淋漓，有时还会意外受伤，就以为他们很苦。其实，我的判断是错的，他们告诉我，完全不像我想的那样，而是觉得打篮球很过瘾。

于是，我就想到，今人看古人苦读，和我看朋友打篮球，这二者是何其相像啊！然而，我们的想法却与他们的真实体验大相径庭，无论是读书还是打篮球，对于某些人来说，都是个人的爱好，而沉浸其中的人是不觉得苦的。

都云读者痴，谁解其中味？从我个人的读书体验来说，真正的读书人，都是因为爱好而读书。若想知道他们心中到底苦还是不苦，只要看一下他们读书时脸上露出的动人的微笑，就知道答案了。

（原载《语文报》2013 年第 22 期）

热爱一件事物，投入一件事情，是不会累的。即使累，那也是身体上的体力不支，心情却是愉悦的。

第六辑

书卷里的景致

　　有一天，她收到了一位学生的信。他在信中写道：我多想摘一朵云，别在您的发间，在我心中，您总是那么美。因为您，我喜欢上读书，在书卷里，有着别样的景致。

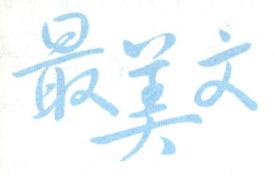

开卷并非皆有益

文 / 飞龙在天

尽信书则不如书。

——孟子

  关于开卷是否有益这个问题，常引起人们的争议。有人说有益，认为只要打开书本读书，总会有好处的；有人说无益，认为书有好有坏，读了坏书就没什么好处。

  那么，开卷到底有没有益呢？这个问题要辩证来看。

  我们知道，"开卷有益"是一成语，来源于《渑水燕谈录》。当时，宋太宗赵光义每天坚持阅读《太平御览》三卷，有时因国事忙耽搁了，他也抽空补上，并常对左右的人说："只要打开书本总会有好处的。"

  后来，"开卷有益"这句话便作为成语，常用以勉励人们勤奋好学，多读书就会得到益处。于是，有的人以为凡书皆可读，既不问书籍的内容，也不加以甄选，信手拈来，认为读了就有好处，事实难道真的是这样吗？

  《庄子·列御寇》篇有则故事：一个叫朱泙漫的年轻人什么都想学，为了学会一门特殊的本领，他变卖了家产，带了一千两黄金到一个叫支离益的地方，拜师学杀龙的技术。三年后，他学成回家，兴奋地向人们吹起杀龙的技术，怎样按住龙头，踩住龙尾，怎样从龙颈上开刀。大家听完以后笑着问他："什么地方有龙可杀呢？"朱泙漫这才恍然大悟，原来，世界上根本没有龙这种东西，他的屠龙之技算是白学了。

有些人读书不就像朱泙漫学屠龙一样吗？盲目地学习而不作选择，结果误入歧路，不仅浪费了时间和精力，还学无所用，这便是读书无益的表现。

有时候，读书不仅无益，还会有害。我曾看过一篇报道：有个年轻人因为犯强奸罪而锒铛入狱。此前，警方在抓捕他时，在他家的卧室里翻出大量的淫秽书籍。事后，年轻人向警方如实地交代说，只因为长期看这种淫秽书籍而不能自拔，最终才走上了犯罪的道路，现在他后悔莫及，是坏书害了他。

由此看来，单纯地说开卷有益或无益都是片面的，但可以肯定地说，在一定条件下，开卷并非有益。

臧克家说："读过一本好书，就像交了一个益友。"那么，读过一本坏书，不就像交了一个损友吗？益友会带给我们很多好处，对我们有所帮助；损友恰恰与此相反，可能会把你戕害。

交友要慎重，读书也要慎重。所谓"近朱者赤，近墨者黑。"交友要有眼光才能交到好友，读书要有鉴别才能选到好书。屠格涅夫告诉我们："不要阅读信手拈来的书，而要严格地加以挑选。"好书是营养品，有益身心健康；坏书是毒草，不但无益，还会害人！所以说，开卷并非有益。

（原载《考试报》2015年第36期）

读书的过程，是去除糟粕留下精华的过程，尽信书则不如书，理论跟实际有时候是相悖的。

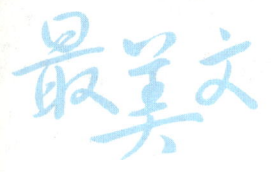

文字的力量

文 / 姚秦川

没有了爱的语言，所有的文字都是乏味的。

——佚名

在加拿大首都渥太华市最大的一个广场上，如果你仔细留意就会发现，每天都会有一位须发花白的老年流浪汉，盘腿坐在光洁的石板上。他不仅是一位无家可归者，他还是一位盲人。由于没有任何收入来源，他只能靠每天的乞讨艰难度日。他的名字叫卡尔，快70岁了。

由于双眼失明，卡尔只能靠听觉搜寻过往的行人。他的头总是左右不停地摆动着，频繁地眨着一双看不见世界的眼睛，显得既可怜又无助。

卡尔身旁有一个罐头盒子，盒子旁边立着一个纸壳儿，上面是他请别人用英文写的几个字："我是盲人，请帮助我。"在他前面，有些人会匆匆而过，有些人则会随手将一枚硬币"啪"的一下丢在地上。听到硬币的响声，卡尔总会摆一摆手以示感谢，之后用手摸索着，将拾到的硬币"当"地一下放在罐头盒里面。

有一天，一位黑衣女士从卡尔身边走过，她戴着墨镜，穿着得体，手里拎着一个大大的提包。她像那些急着赶路的人一样，径直从卡尔面前走了过去。然而，出乎意料的是，黑衣女士很快又掉头走了回来。

她站在卡尔面前，思忖了几秒钟后，从她的衣服内兜里掏出一支笔，蹲下身，拿过那个纸壳儿，站起来，在纸壳儿的反面涂涂抹抹。涂抹时，老卡尔摸了摸她穿着高跟鞋的两只脚。涂抹过后，黑衣女士又蹲下身子，将纸壳儿放回原处。不过，她将自己写字的那面纸壳儿冲向外面，随及便起身离开。

让人意想不到的事情发生了。

原来很少有人关注的盲人卡尔，忽然感觉到他的"生意"一下子红火起来。许多过往的行人在看到那个纸壳儿后，都停下脚步，将三枚或者五枚甚至更多的金币俯身放在了老卡尔的面前，老卡尔几乎都有些应接不暇了。

没过多久，卡尔用他那颤抖的手扶了一下罐头盒子，发现罐头盒子里面的硬币已经很多了。正当卡尔高兴得不知该如何是好时，他忽然又听到了那熟悉的脚步声。没错，就是刚才在他身边停留的那个穿高跟鞋的女人，她现在又站在了卡尔的面前。

卡尔立即又用手摸了摸黑衣女子的两只脚，知道站在他前面的人就是刚才在他纸壳儿上面写字的人后，不好意思地问道，"请问你刚才对我的标语做了什么？"

黑衣女士蹲下身来，用手轻轻地抚摸了一下老卡尔的肩部，温柔地说道："我写了和你一样的话，只是用了不同的表达方式。""谢谢你，亲爱的！不过，你能帮我念一下你写的那句话吗？"老卡尔轻轻地补充了一句。

黑衣女子充满同情地望了一下卡尔，将目光投向那个纸壳儿，轻轻地念道："这真是美好的一天，而我却什么也看不见。"念完，黑衣女子眼里噙着泪水，随即快步离去。

有的时候，由于这样或那样的原因，我们的确需要他人的帮助，但我们总是摆出一幅可怜的样子，完完全全站在弱者的角度，寻求着世界的怜悯，但结果却不尽人意。而如果我们能展现自己乐观积极的一面，情况或许就会完全不同了。正如老卡尔一样，虽然他是弱势群体中的一员，但他

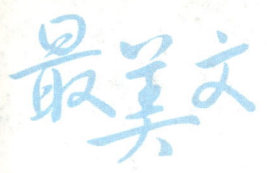

同样有与健全人一样做人的尊严,而黑衣女子却用"这真是美好的一天,而我却什么也看不见"这样平凡的文字,帮他完成了这一愿望,也改变了他的世界。

(原载《人生与伴侣》2013年第36期)

语言的力量是伟大的,就像艺术一样洗涤人的内心深处,使那里变得柔软。世界,就是这样温暖起来的。

只管耕耘，莫言收获

文 / 佳音

最好不要在夕阳西下的时候幻想什么，而要在旭日东升的时候即投入工作。

——谢觉哉

管谟业，1955年2月17日出生于山东高密县河崖镇平安村。

小时他是一个调皮蛋子，好动也贪玩，什么都喜欢摸摸看看。那时候，树林子里的鸟很多，看到大人在打鸟玩，他每次都要拽着人家问清楚哪只鸟叫什么名字。

12岁那年，正值"文革"，他因为拔了生产队的一个红萝卜，被罚跪在毛主席像前请罪，回家后被父亲用蘸了盐水的绳子抽打。爷爷心疼地说："不就是拔了个萝卜吗！还用得着这样打？"但打也是一种教育和警示呀！"中农"出生的家庭让每个人在这场运动中都得小心翼翼，老老实实，才能苟且偷安。

他从小就喜欢看书，嗜书如命。家里没书可看，为了换取别人的书看，他就去给人家推磨，有时候整整推一天的磨才能换来一本书。一天下来，累得腰酸腿疼，脸色煞青，但只要能捧着书回来，他总是高兴得合不拢嘴。那时没电灯，晚上点着油灯看书，母亲常常提醒他，没油了，别看了。但往往被他当作耳旁风。

他大哥是华东师范大学中文系毕业的，是家里最有学问的人。大哥有很多作文本，上面有他写的文章和笔记。谟业小的时候很喜欢翻看，而且把看到的好词句很快就用到了自己的作文里。所以，上学的时候，他的语文成绩很好。

谟业还有一个特殊嗜好，那就是背《新华字典》，真到了倒背如流的程度。别人问起哪个字在第几页，他都能答出来。

1967 年小学 5 年级时，他因文革和得罪别人被迫辍学回家务农，当起放牛娃。那时，小小的他，梦想当一个作家，为的是一日三餐都能吃上香喷喷的饺子，然后娶石匠女儿当老婆。

谟业 18 岁那年，父亲让他到县城的胶莱河去干活。当时他自己很不情愿，他不想在最好的年纪丢掉书本成为一个靠劳力吃饭的人。无奈，家庭条件困难，兄弟姐妹多，早已没有钱来供他念书。

两年后，谟业去当兵，他一到军营就吃了 18 个馒头。刚分去的小兵都是站岗或者做饭，他真想去做饭，做饭多好啊，起码能吃饱，但组织最终决定让他去站岗！

新奇的是，从第三年开始，谟业开始给战友们上课，学习内容是三角函数的基础知识。这事儿看起来蛮不靠谱！他没有上过多长时间的学，就连初中都没上完。但他对学习十分重视，也继承了父亲极强的自学能力，自学完了初中和高中的数学，"自动升级"成了现在的现学现卖！两年后，他还上哲学与政治经济学，教得有声有色，有时还有领导来听课。

那时，作家梦在这个年轻人的内心再次熊熊燃起，他拿起笔开始写作。当时，他写了很多作品，向全国的地市级报刊投稿。每次他都满怀信心地把厚厚的稿纸装进信封，之后开始漫长且充满希望地等待。但最后等来的往往是破烂不堪的退稿信封，里面最多塞上一封编辑部铅印的退稿信。

1981 年的一天，他收到一封保定市《莲池》编辑部的信，发表了人生的第一篇短篇小说《春夜雨霏霏》。这时，曾听过他讲课的一位颇为惜才的副主任，拿着他的作品就到北京总政文化部"推荐贤良"。谟业当时是总参下面一个学校的副连级教员，他报名参加了几轮考试，也获得了通过。但不知何故，他没在规定的时间来军艺报到。按规定，他就不能录取了。

看着他茫然无措的样子，系主任徐怀中把他叫去，问他写过什么东西？他忐忑地从包里摸出1982年发表在《莲池》上的小说《民间音乐》递过去。幸运的是，徐怀中看了他的小说，十分高兴，大加赞扬："这个学生，即便文化考试不及格我们也要了。"

同意报考后，他的一颗心放了下来，最终文化考试考了第二名，连同作文最高分，他以优异的成绩进入了军艺文学系，成了一名年近三十的大专生。

当时文学爱好者很多，有不少人是把文学当作名利的敲门砖，不去刻苦地写作，而是到处清谈吹嘘。谟业很看不惯这种风气，认为作家还是要靠作品吃饭，不能张嘴说白话。于是他给自己起了个笔名"莫言"，正好也与真名管谟业音相仿，这也符合他沉默寡言的性格。

军艺的学员宿舍是四个人一间，莫言无法安静地写作，于是就在文学系的梯形教室里写。每天晚上，同学们有的外出访亲探友，有的喝酒侃大山，有的看书，只有莫言，躲在教室里一写就写到凌晨两、三点。当时还有人背后讥讽：这么用功，真能成吗？

1984年初冬的一天夜里，他做了一个梦，身穿红衣的丰满姑娘手持一柄鱼叉，从地里叉起一个红萝卜，高举着，迎着太阳……从起床号响起，他就沉浸在这个辉煌的梦境里。上课时，他一边听课，一边把整个梦境用笔头"勾"出来，两周后，稿子出来。

他拿不定主意，甚至连算不算小说都说不上来。他把稿子拿给同宿舍的一位干事看，干事看完后很兴奋："这不仅是一篇小说，还是一首长诗。"后来他又拿给徐怀中主任看，徐主任看完后还拿给自己的夫人看，结果他

夫人赞不绝口："小说里那个黑孩子让我很感动。"系里更是召集几个同学座谈了这篇小说。

1985年3月，刚创刊不久的《中国作家》第二期发表了这篇小说和座谈纪要，主编冯牧先生在华侨大厦主持召开了小说研讨会，汪曾祺、史铁生、李陀、雷达、曾镇南等名家都参加了会议。这就是短篇小说《透明的红萝卜》，成了莫言的"成名作"。这篇小说就有他12岁偷拔生产队萝卜的影子。

自此，莫言正式走上了文学道路。

接着他的《白狗秋千架》《枯河》《红高粱》等作品接连问世。国内文学界到处在打听：谁是莫言？他是干什么的？当知道莫言是军艺文学系的学生时，许多杂志的编辑，以及文学爱好者，都跑来狭窄的宿舍，找他约稿，探讨文学。他只得躲起来，然后是不知疲倦地写作。

在军艺的两年里，尽管白天要上课，但莫言还是写出了80多万字的小说，其中包括小说《红高粱》。《红高粱》1986年发表后，在文坛上引起震动。

有一位作家说：莫言的小说都是从高密东北乡这条破麻袋里摸出来的。他本是讥讽莫言，但莫言却把这话当成是对自己的最高嘉奖。他扛着"高密东北乡"的旗号啸聚山林、打家劫舍，在自己的文字天地里当起了开天辟地的圣者，发号施令的皇帝，先前的那些钢琴、面包、原子弹、摩登女郎、皇亲国戚、假洋鬼子……统统被他塞到高粱地里去了。

莫言对自己身上能绑上一条高密东北乡的"破麻袋"相当高兴，"在这条破麻袋里，狠狠一摸，摸出一部长篇；轻轻一摸，摸出一部中篇；伸进一个指头，拈出几个短篇。"

这么一条"破麻袋"是莫言独此一家的标志，使他的作品形成了自己独特的风格。

1995年春天，莫言用83天完成了他最具争议的作品《丰乳肥臀》，洋洋 50 万言的小说因内容尖锐而引起轩然大波。在他获得"大家文学奖"10万元奖金后，各种冷嘲热讽接踵而至，批判、挖苦源源不绝，但也有人说这是一部杰作。对于争议，莫言曾说："我觉得你可以不看我所有的作品，但如果要了解我的文学世界，你应该看看《丰乳肥臀》。"这是莫言一部总结性的小说，从此，他结束了从《红高粱》开始的高密东北乡家族小说的写作。

《丰乳肥臀》后，莫言暂停了小说的创作，期间写了《红树林》等影视剧本，还创作了很多散文等。直到 1999 年，他连续在《收获》杂志上发表了四部中篇小说，由此重返小说界。

至今，莫言共发表了 80 多篇短篇小说、30 部中篇小说、11 部长篇小说，出版过 5 部散文集、一套散文全集、9 部影视文学剧本，以及两部话剧作品。他的作品还被广泛地翻译成英语、法语、西班牙语、德语、瑞典语、俄语、日本语、韩语等十几种语言，获得过许多外国文学大奖。2009 年底出版的《蛙》于 2011 年 8 月获得第八届茅盾文学奖。

2012 年 10 月 11 日，莫言被授予 2012 年诺贝尔文学奖，"从历史和社会的视角，莫言用现实和梦幻的融合在作品中创造了一个令人联想的感观世界。"他也由此成为首个斩获此奖的中国人。

只有在那崎岖道路上不畏艰险勇于攀登的人，才能到达光辉的顶点。扎根乡土，披肝沥胆，勇于探索，潜心创作，淡泊名利，只管耕耘，莫言最终获得了巨大的成功。

（原载《语文周报》2015 年第 6 期）

> 一个人如果能蛰伏下来，不动声色地努力，并且能够忍耐生活，那他总有一天会崛起，散发出迷人的光彩！

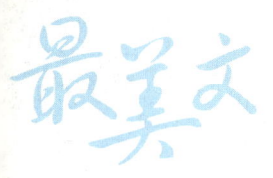

当"面子"成为"里子"时

文 / 段奇清

　　做了好事受到指责而仍坚持下去，这才是奋斗者的本色。

——巴尔扎克

　　有人说她是位天才，而更多人看到的是她的勤奋。

　　大二的时候，南方大学文学院副院长、戏剧影视艺术系主任吕效平给每位学生布置了不同题目的作业，她布置给温方伊的是完成话剧剧本《蒋公的面子》。

　　吕效平老师告诉她，题目来源于南京大学中文系的一则逸事：1943年，蒋介石初任中央大学校长，邀请三位知名教授共进年夜饭。最后吕老师说，这件事有可能发生，也可能没发生，但是你可以把无当作有来写。

　　然而，邀请的这三个教授只有两人有名字，他们是陈中凡、胡小石，也许是有所忌讳，说话人对另一位的名字有意作了模糊处理。连故事的主要人物的姓名都不全面，要把它写成一个完整的舞台剧本，困难可想而知。

　　温方伊没有退缩，她想到的是把"面子"变成"里子"，要沉下去，多做扎实的工作。故而她并不急于动笔，而是去搜集尽可能详实的第一手资料。她上门请教吕效平教授，得知这则逸事是从她自己的"师爷"——南京大学文学院长董健先生那儿听来的。温方伊便紧紧跟进，去了董院长那儿。

结果是没得到什么东西，吕效平教授尚告诉她故事发生在1943年，董健先生既不知道时间，也不知道地点。不过，这让温方伊从难处看到了亮处，就是如此为创作提供了更大的空间。

空间越大，探索的步子也就越多。温方伊接下来找来了大量书籍进行阅读考证，或索性在图书馆一待就是一整天。由此她了解到，传说中的三位教授，那位不知道名字的，是政府的支持者，既想为蒋介石捧场，又有所顾忌，便拉陈中凡和胡小石下水。

陈中凡的观点"偏左"，他与陈独秀交情甚笃，非常痛恨蒋介石翻云覆雨，独断专行，但他却因为战乱之时藏书难保需要蒋校长的帮助。胡小石是一位美食家，对政治毫不感兴趣，据说蒋介石曾向他讨过字，他并没有给。这次受邀，喜好美食的他听说席上会有难得的好菜肴便难抑激动。

温方伊还阅读了陈中凡教授有关哲学论文、中国戏剧史研究等相关著作，研读了胡小石的《中国文学史》等著述，对胡小石的诗词与书法也进行了一番探讨。胡小石对政治不感兴趣，但他到底喜欢吃什么菜，温方伊找了许多美食资料，最后确定为南京老正兴的"火腿烧豆腐"。

已经研究到这个地步，应该说资料已经相当详尽了，可温方伊依然不动笔，她还要作进一步的探索研究。于是她又阅读了中央大学、西南联大的校史资料，通读了朱自清、吴宓等教授的日记，甚或连当年学校的一则小通知都不肯放过。

做完这些，半年已过去了，到了2012年春节，于是她拟塑造以陈中凡为原型的时任道，以胡小石为原型的中间人物夏小山，以及从《联大八年》找来剧中人物卞从周。

经过一段时日的埋头耕耘后，温方伊把初稿交到了吕效平教授手中。在交给吕教授三十多份作业中她的质量显然是最高的，但并非说不需要继续打磨了，而这一打磨就是五遍。即使在排练过程中，对情节、文字也做了许多调整，功课越做越多，结构越改越奇，愣是把剧情与人物命运如同

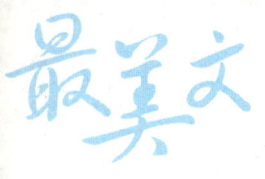

做煎饼一样，一翻再翻，实现了"超级大逆转"。就是这种不断提升"里子"——提高她自己和作品的内在质量，让一个此前并没怎么接触话剧艺术的温方伊，其剧本创作成为一种"传奇"。

2012年5月，《蒋公的面子》作为纪念南京大学建校110周年系列剧首演，第一场演出后，立即有口皆碑，第一轮的五场演出场场爆满。2013年更是在全国巡演和海外巡演，票房已超过千万元。

著名剧评家水晶从北京专程坐火车到南京观看《蒋公的面子》，随后在微博和新闻媒体上力荐该剧，其中有这样的话语："仅从编剧角度看，讲中国故事，如此有文化，有生活有剧本，近年仅见，却出自一个大学三年级的女孩之手，令人击掌赞叹，叹为观止！"

目前，《蒋公的面子》剧本被出版成书，并在2013年7月获得《人民文学》杂志社和江苏省作家协会联合创办的"紫金·人民文学之星"大奖。温方伊已被保送为影视文学专业的研究生，并辞去饰演了近三十场的女主人公"时太太"的职务，同时她还推掉了一位大佬欲与她的文学创作签约，专心回到课堂读书。

丢掉浮躁之气，潜心学问，当把"面子"变为"里子"时，也就让自己有了"面子"。正如白岩松所说：2013年最热话剧《蒋公的面子》的蹿红，为新生代编剧赢得了巨大"面子"。

多做"里子"的事，无意于"面子"，其"面子"也就会不请自来。

（原载《青年博览》2014年第18期）

面子和里子，不过就是有一段微妙的距离而已，那就是耐心的努力。将心血赋予你该做的事上，自然就有"面子"了。

少女夏洛洛的轶闻囧事

文 / 琼雨海

青春是人生最快乐的时光，但这种快乐往往是因为它充满着希望。

——卡莱尔

撩起裙子跑步的猪八戒小姐

清晨第一缕阳光，照进了窗前，夏洛洛一骨碌爬了起来。今天，要早早地到校，新来的语文老师第一天给他们上课，她这个语文课代表可得好好表现。

可是，今天老爸老妈都有事，早早地就去上班了，没人去送她，要是坐公交车去的话，中途要换一次车，还要等车，到了学校也就不早了。夏洛洛拿出自己的小猪存钱罐，咬了咬牙，跺了跺脚干脆腐败一次，打车去得了。

夏洛洛急急忙忙地下了出租车就要往校门口冲，情急之下发现手机好像落在出租车上了。于是，夏洛洛赶忙撩起裙子一边跑一边喊："师傅，等等……"追出一百多米远之后，司机终于停下车来，夏洛洛累得喘着粗气，双手不由得扶住膝盖休息。咦？手机不就在手里呀。

司机师傅打开车门，问怎么了？不知道是不是因为跑步的原因，夏洛洛一脸尴尬地站在那里，红扑扑的脸涨得像秋日的柿子。夏洛洛的脑子

迅速运转，还是找不出解释的理由，情急之下，她吞吞吐吐地说："我……我……想告诉你开车……要注意安全……"司机师傅瞬间石化。

徐微微就站在马路边上，这一切正好看得清清楚楚，此时此刻她早已经笑得直不起腰来了。快走到教室了，徐微微还捂着肚子笑着说："师父，等等……怎么就有撩起裙子跑步的猪八戒小姐呢？真是超级无敌啊！笑死我了……"

夏洛洛挥着拳头，瞪着眼睛，一本正经地说："死丫头，今早上的事不准说出去！要不然要你好看！"

徐微微好一会儿才忍住笑，无辜地说："今早上的事也不一定光我一个人看到啊。"

"你们好！"夏洛洛和徐微微被这一声问好吓了一跳，她们这才发现教室门口站着一个阳光型的大男孩。难道是刚转来的同学？这年龄看起来也大了一点吧，难道？不会吧！

"我是你们的新语文老师，复姓欧阳。"说着他伸出了右手，那么修长的手，夏洛洛还是第一次见，夏洛洛猜想这双手一定会弹钢琴。欧阳老师又晃动了一下右手，夏洛洛和徐微微才恍然醒悟，抢着去和老师握手。

这时候，欧阳老师竟也红着脸说："第一天上班，有些激动起早了，到教室一看一个人也没有。"其实，这两个女生又何尝不是呢？

欧阳老师向办公室走去，末了，突然转过身来说："对了，撩着裙子跑步的猪八戒是怎么回事？"说完，他诡秘地一笑，不待解释就走了。

夏洛洛直喊："惨了，惨了……"难道刚才那一幕欧阳老师也都看到了？这可是和帅哥老师的初次见面啊，这印象可真够深的了。

留下牙印的林妹妹

夏洛洛知道徐微微也是喜欢欧阳老师的，这样一个大帅哥，她们以为只是一个花架子，肯定是个偶像派，没想到欧阳老师的第一节课就让她们震撼了。本来是一节枯燥无聊的古诗欣赏课，欧阳老师从诗人趣闻讲开去，不知不觉引到古诗上来，每个同学都听得入了迷，这偶像＋实力派简直不是盖的。

从此，班上的同学最期待的就是欧阳老师的课，尤其是女生，这样养眼又润心的课谁不喜欢呢？徐微微简直就成了花痴，每次和夏洛洛谈起欧阳老师，一说就是一个小时都不带累的。他的每一句话，每一个动作她都记在了心里。

夏洛洛则不然，她也喜欢欧阳老师，但是她从来不愿意那么直白地表现出来，她觉得老师一定喜欢沉稳、有内涵的女孩。她这点小心思，就连徐微微也没有告诉。徐微微常常扯着嗓子大喊："夏洛洛，你生病了吗？最近怎么像变了一个人，像林妹妹一样了。"夏洛洛只是抿着嘴，说："哪有？"心里小小的得意却像一片涟漪荡漾开去。

可是，往往事与愿违。这天体育课后，夏洛洛渴得要命，她不管不顾地就向教室跑。突然，一不明物体迎面而来，撞得夏洛洛龇牙咧嘴，夏洛洛骂道："你没长眼睛吗？"那人赶紧道歉，夏洛洛才看清竟然是欧阳老师，她的脸顿时像晚霞一样瞬间变得绯红。

半晌，夏洛洛才回过神来，捂着自己的嘴巴，牙齿都好像有些松动呢。这时，她看到欧阳老师的胳膊上竟有两个牙印，夏洛洛更囧了。原形毕露了吧？欧阳老师一定不喜欢自己了。不过，这次事件后，欧阳老师一定会记住她了，想到这些，这两颗牙的牺牲还是值得的。

欧阳老师的超级小跟班

这天的晚自习，欧阳老师是踏着铃声进教室的，他刚打完篮球，大汗淋漓地说："那个、那个……谁，帮我把什么拿来吧。"全班同学都傻愣在那里，只有夏洛洛明白了他的意思。一溜烟跑到办公室，把全班同学的语文作业本放到了讲桌上，欧阳老师说："谢谢。"

这一事件后，直接影响了夏洛洛在班级的地位，大家一致认为语文课代表夏洛洛简直是欧阳老师的超级小跟班。尤其是女生对于夏洛洛竟能如

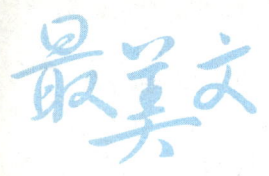

此猜中欧阳老师的心意表现得更为愤慨，吓得夏洛洛好几天都不敢上办公室交作业，每次收齐了之后，就交给徐微微到办公室去交。

徐微微是非常乐意接受这份差事的。但是，夏洛洛每次收作业都不顺利，有时候女生们会故意找不到作业，要让她站在那里等老半天，才慢吞吞地从抽屉洞里抽出本子，所以她们班的作业总是交得很晚。徐微微交作业回来后阴着脸说，作业收得这么晚，欧阳老师都不高兴了。

其实，夏洛洛这段时间更为烦恼，大家只看到了她和欧阳老师之间的默契，却没有听到欧阳老师连她的名字都没喊出来过呢。

放学后，夏洛洛来到学校旁边的小公园，她坐在石凳上双手托腮，望着一池湖水，眼睛宛若清涟的花瓣，纯洁清逸。夏洛洛回想着最近积攒的这些小烦恼，不由得叹了口气。

徐微微走过来拍了一下夏洛洛的肩膀说："正值年少，哪个少女不曾懵懵懂？哪个少年不曾起涟漪？哪个脑袋不曾抽过筋？哪个……"念着念着，她自己都笑得直不起腰来，夏洛洛白了她一眼，"你是来安慰我的，还是取笑我的啊？"

徐微微只好强忍住笑，陪夏洛洛一起坐着。她们俩不再说话，就这样一直坐着，静静地看着夕阳残留的余晖，在青春韶华的年纪，各自想着各自的心事。

（原载《语文报》2015年第6期）

无论我如何去追索，年轻的你只如云烟掠过，而你微笑的面容极浅极浅，逐渐隐没在日落后的群岚。遂翻开那发黄的扉页，命运将它装订得如此拙劣。含着泪，我一读再读，却不得不承认，青春是本太仓促的书。

青春里的广告时间

文 / 郑亚琼

  青春是人生最快乐的时光，但这种快乐往往完全是因为它充满着希望，而不是因为得到了什么或逃避了什么。

——托·卡莱尔

一

  "同学们，来来来，聚一聚哈。"午间休息的时候，李晨宇开始招呼大家。

  "各位叔叔、婶婶、兄弟姐妹们，兄弟我来到贵宝地，深知大家学习非常辛苦，特意露一'嘴'。有钱的捧个钱场，没钱的捧个人场啊。"说着，他便有模有样地双手抱拳、拱手作揖。

  班长见状，瞥了他一眼，"李晨宇，中午打扰大家休息，又要什么花招？"

  "班长大人息怒！我正是瞅见大家学习太累了，就编了几段有趣的句子，逗大家一乐。"说着，他便跳到朱文轩那里，"来，猪兄，给我当个道具，可否？"

  我从桌底下踢了朱文轩一下，提醒他不要参与这种无聊的游戏，没想

到朱文轩看了我一眼，还是站了起来。

二

朱文轩是上个学期刚转入的，当时大家一看这黝黑结实的皮肤，身穿一件带着油渍的校服，顿时像见了外星人一样，而且他一张口就是"俺"，引得大家哄堂大笑。

老班把我叫到办公室说，朱文轩是农民工子女，家里是卖猪肉的，刚来省城肯定不适应，要找一个品学兼优的同学帮助他。于是，我便顺理成章地成了他的同桌。

虽然，我并不是很喜欢他，但是每当有同学故意捉弄他时，我都会替他打抱不平。可是，这小子似乎并不领情，明明知道有些人不怀好意，还是会欣然接受。

三

这不，李晨宇一看朱文轩如此配合，顿时来了劲，他指着朱文轩的头说："话说，一日猪兄被老师批评脑子进水，那么简单的题也不会。只见猪兄委屈地说，老师，我不是不认真学，而是每次遇到知识时，我就对它说：'快到脑子里来！'可它们总是说：'你才到脑子里去！'好不容易它同意进来了，居然又说：'你就不能换个大点的脑了吗？'哈哈……"

这时候，我看到朱文轩涨红了脸，我想这次他肯定要生气了，没想到他稍事停顿后，慢吞吞地说："俺现在成绩是有些差，希望同学们能帮帮俺，俺一定能赶上去。"

说完，朱文轩就要回到座位上，没想到李晨宇的恶作剧并没有就此结束，他拉住朱文轩继续说："青春痘，青春的开启者，连续三年消灭不断，一年长出七亿多颗，连起来可绕地球两圈。"

"看这里，看这里……"李晨宇指着自己的脸，还在肆无忌惮地嚷着，我看到朱文轩的手不停地抖动，却始终站在那里。我再也忍不住了，跑过去，使劲推了李晨宇一个趔趄。李晨宇一看是我，"你狗拿什么耗子？"说着便揪住了我的衣领。

"放开手！"班长厉声道。其他同学也都指责李晨宇这次做得太过分了，李晨宇迫于集体的压力，还是放开了手，指着我的鼻子说："你小子走着瞧！"

四

一个下午，朱文轩总想找机会和我说话，可是我故意装作很忙，他几次话都到嘴边了，我就把头扭向一边。

其实，和朱文轩同桌的这些日子，他让我在他身上发现了其他同学身上所没有的品质。自从他来了以后，班里饮水机里的水都是他一个人扛，他在家总是帮助父母干活。而且每当提起父母的职业，他也并没有躲躲闪闪。

这些让我无形之中对朱文轩有了一种同病相怜的感觉。我的父母曾经也是农民工，和他不同的是，在城里干的时间长了，他们自己当了老板。所以同学们看不出我的家庭背景，我也非常忌讳大家谈父母工作的话题。

每当大家故意问朱文轩："你的衣服几年不洗了？"他总是不好意思地说："我洗了，就是帮爸妈卖肉的时候弄上的油渍，不好洗。"而且，有很多时候，他明明知道有些人是要捉弄他，他却好像不知道似的，偏要"上当"。

这让我非常生气，我甚至告诉他，不要总拿自己父母的职业说事，不用搭理那些无聊的人，你自己不觉得丢人，我都替你难受。他突然像不认识我似的看着我，看得我浑身发毛，弄得我倒是不好意思了。

五

每个学期末，老班都会举行一次特殊的班会，以不记名形式写一写自己最想说的话，或是对班级提出的建议。

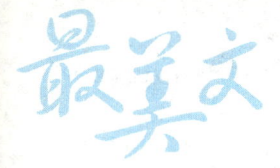

以前的时候,对于这样的活动我总是不屑一顾。可是,这次我却有很多话想说,早早就准备好了。老班端着"青春印记"的箱子走到我面前时,我把它小心翼翼地放进去,然后趁人不注意轻轻一搅,打乱了一下顺序。朱文轩也傻呵呵地放了进去,我真猜不透这小子会写些什么。

六

班会课如期举行,老班说:"这次大家都写出了自己最想说的话,让老师感受到了大家的成长。可是成长的道路上,难免会有些磕磕绊绊,关键是你以什么样的心态去看待。"说着,老师拿出了两张纸,"这是我们班两个同学写的,我给大家读一读,再进行讨论。"

"在我们这个集体中,我经常感到老师、同学们带给我的温暖。可是,自从朱文轩转来后,有些同学却带上了有色眼镜。其实,我的父母也是农民工,我想问那怎么了?凡是靠自己双手劳动创造的财富,都是值得尊敬的,职业没有高低贵贱。我真心希望那些总是嘲弄朱文轩的同学不要那样。"

"我是一个不善言谈的人,正好老师提供了这次机会,可以写写我的心里话。有时候,一些同学拿我开玩笑,我同桌好心提醒我不要理他们,可是我总是不想让大家扫兴。我时常想,或许这些同学并没有恶意,日久见人心,时间长了,大家就会和我交朋友,我就可以让担心我不会适应新学校的父母、亲友们放心了。"

老师读这两段话的时候,我把头埋到了课本里,手心里竟沁满了汗。因为第一张纸条正是我写的,而另一张我一猜就知道是朱文轩写的。

七

老师告诉大家朋友相处贵在真诚,在做一些事情的时候,要考虑一下别人的感受。

大家都争相发表着自己的相处之道，这时候李晨宇站了起来，"借这个机会，我想对朱文轩说一声：对不起。在那天中午之前，我编了几句有趣的广告语，是想逗大家一乐，缓解一下大家的学习压力。可是，被学习委员推了一把，这让我思考了很多，这样做确实是伤害到了朱文轩。其实，我本是好心的。"

老班说："想法值得表扬，但是方式确实不对，我们可以变挖苦为表扬，不是吗？"

"学习气氛浓郁，丝般感受。这是我的强项，小意思，呵呵！"李晨宇抢先说。

"今年过节不收礼，收礼就收片真心。"

"人好，人缘就好，身体倍儿棒，吃嘛嘛香。"

正当大家积极思考的时候，朱文轩突然说："一次不买你的错，二次不买我的错，欢迎大家光临'朱家肉店'。"引得大家哈哈大笑，这小子也幽默了一把。

"这节班会课，老师就起名叫'青春里的广告时间'。大家课上拼命学习，课下想交好朋友。也应该时常驻足，停下来思考一下。青春不一定要挤得满满当当，适时插入一点广告时间，会有意想不到的收获啊。"顿时，教室里掌声雷动。

（原载《初中生学习》（中）2014年第8期）

有没有这样一份情，青春里追寻、时光里想念、前程里遗憾。那时候，阳光都是温暖的，笑容都是甜的，就连老师都那么孩子气。

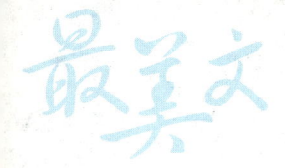

书卷里的景致

文/顾晓蕊

书籍把我们引入最美好的社会，使我们认识各个时代的伟大智者。

——史美尔斯

村里有一位女孩，家境贫寒，只念到初中，就跟父亲提出要辍学。

起因是，有的同龄人到城里打工，回来讲起外面的花花世界。有位叫琴的发小衣着新潮，她说，我要趁着年轻，多挣些钱，过上和城里人一样的生活。琴在一家酒店当服务员，每个月能挣将近两千元。

她睁大了眼睛，几乎不敢相信自己的耳朵，要知道琴两个月的收入，相当于父母半年的操劳。她心里便起了波澜，对在村小学当老师的父亲说，我要去城里打工。

父亲一脸怒气地盯着她，厉声说，不准去，好好读书！

她委屈地小声咕哝，可是，读书有什么用？难道像你一样一辈子都在这里？

父亲一脸严肃地说：读书使人活得更有尊严！尽管你现在还难以理解，可总有一天，你会明白它的意义。

这话听起来很深奥，她似懂非懂，却不再提退学的事。她后来发奋读书，考取了一所重点大学。可出乎所有人意料的是，她大学毕业之后，放弃在城市工作的机会，到更为偏远的山村支教。

她到山村学校报到的那天，师生们在校门口迎接，让她啼笑皆非的是，这所学校只有两位老师和五位学生。原来，村里的孩子大都早早辍学，要么出去打工，要么在田间务农。

她挨家挨户地走访、劝说，让那些失学的孩子回到校园，沉寂已久的学校又重新热闹起来。

学生们喜欢上她的课，她领着他们诵读唐诗宋词，原本生涩的句子，经她一说充满诗情画意。在他们看来，这位步履轻盈、笑语朗朗的女教师，举手投足间都透着优雅的气质。

乡间的生活是清苦的，起初，她经常闹肚子，身上起些小红疹。她忍着身体上的不适，坚持给学生上课，脸上仍挂着淡淡的笑。有的家长知道后有些担忧，老师都走了好几个了，她估计也呆不长。

她发现书桌的抽屉里，有学生悄悄送上的礼物，一把花生，一捧炒豆……或者是采来的一大束山花，插在瓶中摆在桌上。这些充满爱心的礼物，更坚定了她的信念，她要继续留在这里，看着他们像鸟儿一样飞出山林。

山里的夜晚是寂静的，实在寂寞的时候，她会对着山林唱歌。可不久后她又发现，学生们会找各种理由，晚上轮流留下来陪她。他们说，你一个人住，太冷清了，我们陪你说说话。

在这个偏僻的小山村，她一呆就是六年，一批又一批的学生走出了深山。

有一天，她收到了一位学生的信。他在信中写道：我多想摘一朵云，别在您的发间，在我心中，您总是那么美。因为您，我喜欢上读书，在书卷里，有着别样的景致。

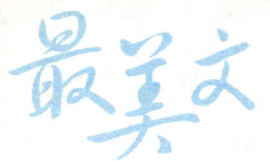

在洒满阳光的午后，泡一杯茶，捧一卷书，她又开始享受阅读。即使一杯清茶，也能品出禅意。同样一段人生，却能活出自我。这，就是读书的意义。

(原载《新青年》2014年第1期)

书带给我们不一样的世界，在这个严寒的世界，像股涓涓暖流，直抵内心深处。有了书，便不再孤单。

手写的运气

文 / 散风落涯

真正的幸运在等待着有资格享受的人。

——斯维托尼乌斯

安德鲁·戴维斯是一名作家,每天他要给报纸专栏写稿,收入颇丰,他对自己的工作和生活自信满满。

但自从互联网盛行后,报纸朝不保夕,有的甚至干脆倒闭,这直接影响了安德鲁的收入。他不仅担心自己的收入,更担心报纸的发展。于是他有了复兴报纸业的想法,而自己多年写专栏,对报纸有深刻的了解,有一些自己认为可行的办法。但他这些办法怎样才能付诸于实践呢?当然是通过媒体大亨和报纸出版商了,只要他们接受了自己的办法,就可能实现自己的抱负,但具体从谁开始呢?

搜集了大量资料后,安德鲁确定从巴菲特开始,因为他了解到巴菲特在过去几年间购买了几十家时报,巴菲特不仅仅是一个投资家、一个股神,也是报业巨头,巴菲特需要新的盈利模式。他认为只要巴菲特能了解自己这些想法,就能够实现报业更大的赢利,从而使更多的报纸企业恢复生机。

安德鲁明确了自己的目标:和巴菲特讨论提高收益的办法,复兴报业。制定目标容易实施难,巴菲特是全球最大的投资人,是人们心中的股神,

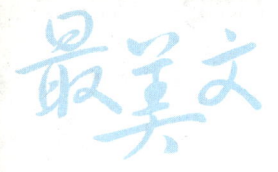

每天有忙不完的工作，怎么会抽出时间和一个普通作家讨论自己的企业呢？除非自己撞了大运！他决定不等运气上门，而是要给自己制造运气。

怎样开始呢？这让安德鲁很困扰，但他相信，只要自己的方法得当，那么一定能够得到和巴菲特会面的机会。他研究了很多方法，打电话，接线员根本不可能把陌生的电话转给巴菲特。写邮件，但现在邮件就像一个问候短信一样，很容易让人忽略，何况对方是大投资家巴菲特，不用想也会知道自己的邮件会淹没在千万封邮件当中。

要想脱颖而出，真的让巴菲特看到，必定要用一种很特别的方法才行。他看到自己手中的信件，于是有了一个大胆的想法。

从2012年10月开始，安德鲁每周一都给巴菲特手写一封信，在信里他记录着帮助报纸商赢利的新想法。他把自己给巴菲特手写书信的事情告诉给朋友和同事，大家都很好奇，请他把书信内容公开。大家看到后都认为他的那些想法很实用，有人直接问是不是可以借用，他很痛快地就同意了。

为了让更多的人看到信件内容，安德鲁把信件在微博上公布，并把链接分享给大家，很快他的微博就得到了很多人的关注。有人点赞，也有人嘲笑他痴心妄想，股神怎会降临人间呢？他的信每一封都石沉大海，巴菲特没有一点反应，但他依然坚持每周一都写，他坚信机会是自己制造的。

安德鲁拥有大批的粉丝，其中有一百位出版商每周都读他写给巴菲特的信件，他们有的是CEO和总裁，有的是媒体世界的推动者和颠覆者，在媒体王国有着自己特殊的地位。他们邀请他面对面讨论：如何在新媒体内推动新的赚钱的点子。

他从不懂商业，到慢慢学会了把商业企划转变成商业利润的方法，这时候他的很多想法趋于成熟和实用了，信件里的观点更加精辟。很多出版商都对他产生了浓厚的兴趣，甚至远在意大利的出版商都想了解关于书信的内容，有的人想借鉴他的想法，有的人更直接想用他的书信出一本书。

他感觉自己的信在一点点靠近巴菲特的大门。

安德鲁的感觉很对，一周年之后，就是在 2013 年 10 月，他接到了 NBC 今日秀演播厅的邀请，去做一期关于市场营销的节目。当他推开演播厅的大门，坐在嘉宾席位上的时候，惊讶地发现巴菲特就坐在对面。他一阵狂喜，在写了 42 封信之后，自己终于成功地与巴菲特坐在一起了，经过讨论巴菲特接受了他的想法，并付诸于自己的报纸企业。

巴菲特对他说：在你写到第二十封的时候，我就每周都看你的信件了。你很快就会看到自己的想法变成现实，相信这一定会给报业带来新的革命。

现在的安德鲁不仅是一名畅销书作家，更是一名市场营销演说家，他的事业又拓宽了一个领域。他在自己的新书中写道：我确信如果你也给一位"巨头"写信，你将脱颖而出。但你要想好，谁是你的"巨头"？你应该写些什么？

让我们好好想想自己需要什么样的运气，谁是自己的"巨头"，应该写给他们一些什么？最关键的是拿起"笔"给自己制造一个运气。

（原载《语文周报》2014 年第 26 期）

你有这样的勇气吗？当你想要达成一件事情的时候，以一种很舒服的方式去向别人争取一个机会。不是谄媚，也不是乞讨，只是为了一个机会。

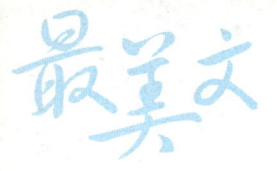

借书往事

文 / 林双双

> 生活里没有书籍，就好像没有阳光；智慧里没有书籍，就好像鸟儿没有翅膀。
>
> ——莎士比亚

之所以称"借书"为往事，是因为它在我的生活中是昨日之景，今日不再重现。回想一下，虽然现在天天在读书，但已经十年没借过书了，也没有人向我借过。如今网络书店和网站读书频道，像一场飓风席卷而来。书——不用再借了，足不出户，想读就读。

借书，在记忆中是无法淡去的。它曾经是一代人的生活习惯，或者说是生活内容的一个部分，其中包含的细节，有比书本身更深长的意味。上个世纪，文娱生活贫乏，书与电影几乎成为人们精神生活的全部。彼时借书，如赴心灵之宴，意味着去接受一个未知的、精彩的世界。去借书的路上，幸福感很强烈，如同去跟恋人约会，是一件让人心动的事。

为数不多的电影里，常出现书的镜头。公园的长椅上，两位地下党接头，一位手持一本雨果的《悲惨世界》，这是暗号，接上了；恋人在湖边约会，男青年手持一本托尔斯泰的《安娜·卡列尼娜》，话题由此展开；或者某位侠客去图书馆借某本书，打开，书页被剜去，藏着一只勃朗宁手枪。当时人的精神世界比较单纯，所接受的新事物也少，难免为此兴奋和激动,觉得外国作者人名和书名特洋气,书中藏枪,感觉特神秘。这是早期的诱因,让许多生活中很自尊的人,在今后的借书环节上,死皮赖脸,矢志不渝。

因为匮乏,往往书会成为那时人们的珍爱。记得我的三年级语文老师将水浒故事讲得引人入胜,传说中他有本《水浒传》,几位同学寻机溜进老师的宿舍搜寻未果。全班依次去借,无一例外都哭着回来。

后来才知道,确实有套《水浒传》被层层旧报纸包着,被老师吊在屋梁上。一群蜘蛛在上面织网捕虫,娶妻生子。我经过他房间的时候,总不禁对门缝里瞧瞧,觉得屋子里热闹又神秘,不仅住了老师,还住了梁山一百单八将,还有阎婆惜、景阳冈的老虎。

高中课堂上,正上袁枚的《黄生借书说》。有同学问,老师您借过书吗?老师不知是计,顿时眉飞色舞,吐沫似绵绵细雨把坐在前排同学的脖颈都给淹湿了。下课铃响,全班一起起哄:"书非借不能读也",一起拥到老师房间,抢光了书架。老师哈哈大笑——他终于豁出去了,自己动手干脆把那张"谢绝借阅"的字条也给揭了。

那时,在人际交往和增加感情方面,借书是很好的媒介。一位好友的爱情故事正是从借书开始的,高中时,身后的女孩秀外慧中,于是他不断地回头向她借书,把脖子都扭酸了。渐渐书中夹了个字条,字条的内容由浅入深……

由于他悄悄进村,感情瓜熟蒂落时方为人知晓,而那些像苍蝇嗡嗡闹的一群,都被她严词辞退。后来,我询问了我身边的六对夫妻,他们中的男人坦白,都是以"借书"作掩护,才把"贼心"发展到"贼胆"的。

物质条件的极大满足,填平了人的欲求。面对精神的美味,已经不再有饥饿感。当物质与精神的粗粮,将我们重重包围的时候,无论什么也不能让人觉得新奇,一切都司空见惯,习以为常。包括想读一本书,太容易满足了,点一下鼠标即可。无须借书了,也告别了借书之趣。

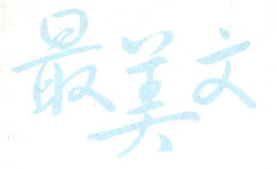

因此,我常常怀念某段时光。那是上个世纪九十年代,我刚刚分配到单位,青春而热情。与朋友凑在一起就讨论一本书,而不是房子、车子、股票。然后约好了,去彼此的住处借阅。

回来的路上,阳光总会很好,走在和风中,持一册书在手,自觉文雅而芬芳。

(原载《考试报》2013年第9期)

书就像是一个巨大的藏宝盒,需要我们在书中去寻找破解的密码。多读好书,会使我们脱离庸俗,远离无知。